新潮文庫

名人

川端康成著

新潮社版

1545

名人

一

第二十一世本因坊秀哉《ほんいんぼうしゅうさい》名人は、昭和十五年一月十八日朝、熱海《あたみ》のうろこ屋旅館で死んだ。数え年六十七であった。

この一月十八日の命日は、熱海では覚えやすい。「金色夜叉《こんじきやしゃ》」の熱海海岸の場、貫一のあのせりふの「今月今夜の月」の日を記念して、一月十七日を熱海では紅葉祭という。秀哉名人の命日は、その紅葉祭の翌日にあたる。

紅葉祭には、例年、文学的な行事があるが、名人の死んだ昭和十五年の紅葉祭は、最も盛大に催された。尾崎紅葉のほかに、熱海に縁の深かった高山樗牛《ちょぎゅう》と坪内逍遥《しょうよう》も加えて、三人の物故文人を慰霊し、また前年度の作品に熱海を紹介した、竹田敏彦、大佛《おさらぎ》次郎、林房雄の三人の小説家に、市の感謝状が贈られた。私も熱海に滞在していたので、この祭に出席した。

十七日の夜、市長の招宴は、私の宿の聚楽《じゅらく》にあった。そして、十八日の明け方、名人が死んだという電話で、私は起されたのだった。私は直《す》ぐうろこ屋に行って名人を拝み、いったん宿へ帰って朝飯をすませてから、紅葉祭に来ている作家や市の世話人ともに、逍遥の墓に参って花を供え、梅園へまわったが、その撫松庵《ぶしょうあん》での宴会半ばから、またうろこ屋に行って、名人の死顔の写真をうつし、やがて遺骸《いがい》が東京に帰るのを見送った。

　名人は熱海へ一月の十五日に来て、十八日に死んだ。まるで死にに来たかのようであった。私は十六日に名人を宿へたずねて将棋を二局指《さ》した。そして夕方、私が帰ると間もなく、名人は急に悪くなった。名人の好きな将棋も、私と指したのが最後であった。私は秀哉名人の最後の勝負碁（引退碁）の観戦記を書き、名人の最後の将棋の相手をし、名人の最後の顔（死顔）の写真をうつしたわけであった。

　名人と私との縁は、東京日日（毎日）新聞社が引退碁の観戦記者に、私を選んでくれたことから始まる。新聞社の催しの碁としても、この碁は空前絶後に大がかりであった。六月二十六日に芝公園の紅葉館で打ち始め、伊東の暖香園で打ち終ったのは十二月四日であった。一局の碁にほぼ半年を費した。十四回も打ち継いだ。私は新聞に観戦記を六十四回にわたって連載した。もっとも、局半ばで名人が病いで倒れたために、八月の中ごろから十一月の中ごろまで、三月は休んだ。しかし名人の重い病いのために、この碁はなお悲痛なものとなった。そしてやはりこの碁が名人の命取りとなったのだろう。この碁の後、名人はもとの体にもどれないで、一年ほど後に死んだのであった。

二

この名人の引退碁の終った時間を正確に言うと、昭和十三年十二月四日午後二時四十二分であった。黒の二百三十七が手止りであった。

そして、名人が無言のまま駄目《だめ》を一つつめた瞬間に、

「五目《もく》でございますか。」と、立ち合いの小野田六段が言った。つつしみ深い声であった。名人の五目負けと分っているものを、ここで作ってみる、その労を省こうとした、名人への思いやりであろう。

「ええ、五目……。」と、名人はつぶやいて、はれぼったい瞼《まぶた》を上げると、もう石をならべてみようとはしなかった。

対局室につめかけている世話役の誰一人として、ものが言えない。その重い空気をやわらげるように、名人が静かに言った。

「私が入院しなければ、八月中に、箱根ですんでいた。」

そして、自分の消費時間をたずねた。

「白は十九時間と五十七分、……後三分で、ちょうど半分です。」と、記録係りの少

年棋士が答えた。

「黒は三十四時間と十九分……。」

碁の持ち時間は、高段者でたいてい十時間見当であるのに、この碁に限って、四十時間という、約四倍に延長されたのだった。それにしても、黒の三十四時間は、大層な消費時間であった。碁に時間制が出来てからでは、空前絶後であろう。

終ったのがちょうど三時近くなので、宿の女中がおやつを持って来た。人々はやはり黙ったまま、盤面に目をやっていた。

「どうですか、お汁粉？」と、名人が相手の大竹七段に言った。

若い七段は打ち終えた時に、

「先生、ありがとうございました。」と、名人に礼をしたまま、深くうなだれていて、身動きもしないのだった。両手をきちんと膝《ひざ》にそろえて、白い顔は青ざめていた。

名人が盤上の石を崩《くず》すのに誘われて、七段も黒石を碁笥《ごけ》に入れた。名人は対局者の感想らしいものはひとことも言わないで、いつもと同じようになにげなく立って行った。無論七段も感想はもらさなかった。七段が負けたのであったら、なにか言っただろう。

私も自分の部屋にもどって、ふと外を見ると、大竹七段が、まったくあっという間の早業《はやわざ》で、どてらに着替えて、庭に出て、向うのベンチにひとり腰かけていた。固く腕組みしていた。青い顔を伏せていた。冬曇りの夕近く、さむざむと広い庭で、思いに沈んでいる姿だった。

　私が縁側のガラス戸をあけて、

「大竹さん、大竹さん。」と呼んでも、怒ったようにちらっと振り向くだけだった。涙が出ているのだろう。

　私は目をそらせて、奥にひっこむと、名人の夫人があいさつに来た。

「長いあいだ、いろいろお世話になりまして……。」

　私が夫人と二言三言話している間に、大竹七段の姿は庭から消えた。そしてまた早業で、紋服に威儀を正すと、夫婦づれで、名人の部屋や世話人たちの部屋へ、あいさつに廻《まわ》った。私の部屋にも来た。

　私も名人の部屋へあいさつに行った。

三

　半年がかりの碁も勝負がつくと、その次の日には、世話人たちもみなあわただしく帰って行った。ちょうど伊東線の試運転の前日だった。

年末年始の温泉の書き入れ時をひかえて、電車が開通する伊東の町は、大通りに祝賀の飾りつけをして、景気づいていた。いわゆる「罐詰《かんづ》め」にされた棋士とともに、私も宿屋に籠《こも》っていたので、帰りのバスに乗る時、この町の飾りが目につくと、洞窟《どうくつ》を出たような解放を感じた。新しい駅のあたりには、土の色のなまな道路がひらけたり、急ごしらえの家屋が建ちかかったりしている、その新開地の乱雑さも、私には世間の活気と見えた。

バスが伊東の町を出てから、海岸の道で、柴《しば》を背負った女たちに出会ったが、手に裏白《うらじろ》を持っていた。柴に裏白を結びつけている女もあった。私は急に人なつかしくなった。山を越えて来て、人里の煙を見た時のようだった。言わば正月を迎える支度《したく》などの、尋常な暮しのしきたりがなつかしいのだった。私は異常な世界からのがれて来たようだった。女たちは薪《まき》を拾って、夕飯に帰るのだろう。海は日のありどころが分らぬような鈍い光りで、急に暗くなって来そうな冬の色だった。

しかし、そのバスのなかでも、私はやはり名人を思い浮かべていた。老名人の感じが身にしみているので、人なつかしさも感じたりするのかもしれなかった。碁の世話人たちも一人残らず引きあげて行った後、老名人夫妻だけが伊東の宿に取り残されているのだ。

「不敗の名人」が、一生の最後の勝負碁に負けたのだから、その対局場に一番いたくないのは名人のはずだし、病気を押して戦った疲れを休めるにしても、それならなお早く場所を変えたらよさそうなものだが、そういうことに名人はぼんやりと無神経なのだろうか。世話人や観戦の私までが、ここにはもういたたまれなくて、逃げ出すように帰って行ったのに、負けた名人だけが取り残される、その鬱陶《うっとう》しさ、味気なさなどは、人の想像するにまかせて、自分では分らぬような顔で、名人はいつもと変りなく、ぼそっと坐《すわ》っているのだろうか。

相手の大竹七段はいち早く帰って行った。子供もない名人とちがって、この人には賑《にぎや》かな家庭があった。

家族が総勢十六人になったという手紙を、大竹七段の夫人から私がもらったのは、この碁の二三年後だったと思う。十六人という大家族にも、七段の性格、もしくは生活の流儀が感じられて、私は訪問してみたくなった。その後、七段の父が死んで、十六人が十五人になったのを、私はくやみに行ったことがあった。くやみと言っても、葬式から一月も後だったろう。私は初めての訪問だったし、七段は留守だったが、夫人がなつかしそうにしてくれるので、応接間に通った。夫人はあいさつをすませると、扉のところまで立って行って、

「さあ、みんな呼んでらっしゃい。」と、誰かに言った。ばたばた足音がして、少年が四五人応接間へはいって来た。子供の気をつけのような姿勢で、一列にならんだ。みな内弟子《うちでし》らしく、十二から二十くらいまでの少年だったが、なかに一人、頰《ほお》の赤い、まるまると大柄の少女もまざっていた。

夫人は私を紹介して、

「先生に、ごあいさつなさい。」と言った。弟子たちはぴょこんとおじぎをした。私は温《あたた》かい家を感じた。わざとらしさはなく、こういうことが自然に行われる家だった。少年たちはすぐ応接間を出てゆくと、広い家を飛びまわって騒ぐ音が私に聞えた。私は夫人にすすめられるままに二階へあがって、内弟子に一局稽古《けいこ》をしてもらった。夫人が食べものを次ぎ次ぎに出してくれて、私は長居になった。

家族十六人というのは、この内弟子たちも含めてのことだった。内弟子を四五人も抱《かか》えているのは、若い棋士ではこの人のほかになかった。それだけの人気と収入とがあるわけだが、また大竹七段の子煩悩《こぼんのう》で家族思いの性質が、そこまでひろがっているのであろう。

名人の引退碁の相手として、宿屋に罐詰めされていたあいだも、対局のあった日は、夕方打ち掛けになって自分の部屋へ引き取ると、いつも早速《さっそく》夫人に電話をかけた。

「今日は、先生にお願いしましてね、（何）手まで進みました。」

それだけの報告で、碁の形勢を匂《にお》わすような不謹慎のあろうはずはなかったが、この電話の声が七段の部屋から聞えて来ると、私は好意を持たずにはいられなかった。

四

芝紅葉館の打ち始め式では、黒が一手打ち白が一手打っただけ、次の日も十二手までしか進まなかった。そして対局場が箱根へ移ることになって、名人、大竹七段、それに世話人たちが連れ立って、堂ヶ島の対星館に着いた日は、碁もまだこれからだし、対局者のあいだの縺《もつ》れもなくて、名人も一本足らずの晩酌《ばんしゃく》に心なごんで、仕方話をするほどだった。

一先《ひとま》ず通された広間の大机が、津軽塗りらしいところから、塗り物の話が出て、名人は言った。

「いつだったか、漆《うるし》の碁盤を見たことがありますよ。漆を塗ったのじゃない、心《しん》からすっかり漆で固めたので、青森の塗物師が道楽に作ったということでしたが、二十五年かかった。乾《かわ》くのを待って、またその上に塗ってゆくのだから、それくらいかかるんでしょうな。碁笥《ごけ》やその箱も漆です。それを博覧会に出して、五千円の札をつけたが、売れなかったから、三千円で世話してくれというので、日本棋院へ持ちこんで来たが、どうもね。なんしろ重い。私より重い。十三貫もある。」

そして、大竹七段を見ながら、

「大竹さんはまた太りましたね。」

「十六貫……。」

「ほう？　私のちょうど倍だ。年は私の半分に足りないけれど……。」

「三十になりました、先生。いやですね、三十……。先生のお宅へ勉強に通っていた時分は、痩《や》せておりましたね。」と、大竹七段は少年のころを思い出して、

「先生のお宅に御厄介になってた時、病気をして、奥さまにえらいお世話になりました。」

そして、七段の夫人の里の信州の温泉場の話から、家庭の話が出た。大竹七段は五段当時、二十三で結婚した。三人の子供がある。内弟子が三人いて、十人の家族だ。六歳の長女が見様見真似《みようみまね》で碁をおぼえたと言って、

「このあいだ、聖目《せいもく》で打ってみましたが、その棋譜を取ってあります。」

「ほう、聖目で？　それはえらい。」と、名人も言った。

「二番目の四つの子も、当《あた》りは分るんですね。天分があるかどうか、まだ分りません

が、もし伸びるようでしたら……。」

そこに居合わせた人たちも、返事に迷っているようだった。

棋界の第一人者の七段が、六つや四つの女児を相手に打って、幼いわが子に天分があれば、自分と同じ棋士にしたいと、真剣に考えているらしい。碁の天分は十歳ごろに現われ、そのころから勉強しないと、ものにならないと言われているにしても、私には大竹七段の話が異様に聞えた。碁に憑《つ》かれていて、まだ碁に疲れていない、三十歳の若さであろうか。家庭も幸福なのにちがいないと思えた。

この時、名人は、今の世田ヶ谷の家は二百六十坪の地所に建坪が八十坪で、庭が割に狭いから、そこを売って、もう少し庭の広いところへ移りたいという話をした。家族の話をしように も、現にそばにいる夫人と二人きりである。今は内弟子もいない。

五

名人が聖路加《せいろか》病院を退院して、三月休んでいた碁は、伊東の暖香園で打ち継がれたが、第一日に黒百一手から百五手まで、わずかに五手進んだだけで、その次の打ち継ぎの日もきめられないような紛糾が生じた。名人が病いのための、対局条件の変更を、大竹七段は承知しないで、この碁を放棄すると頑張《がんば》った。箱根の時よりも縺れは解けにくかった。

対局者も世話人も宿屋にこもって、重苦しい日がいたずらに過ぎて行くので、名人は気晴らしに川奈《かわな》へ出かけたことがあった。出ぎらいの名人が自分からすすんで行くと言うのは、まったく珍らしいことだった。名人の弟子の村島五段と、記録の少女棋士と、私とが同道した。

しかし、川奈の観光ホテルにはいると、広間のハイカラな椅子《いす》に休んで、紅茶でも飲むよりしかたがないのが、名人にはさっぱり似合わなかった。

この広間はガラス張りで、円《まる》く庭へ本館から突き出ていた。展望室か日光室のようでもあった。広い芝生《しばふ》の庭の左右に、富士コオスと大島コオスと、二つのゴルフ場が見えた。庭やゴルフ場の先きは海であった。

前から私は川奈の明るく拡《ひろ》がった景色が好きなので、鬱屈《うっくつ》している名人に見てほしいものだと思いながら、名人の様子をうかがっていた。名人はただぼうっとしているだけで、景色を見るらしい風はない。あたりの客に目を向けるでもない。名人が顔色も動かさないし、景色についてもホテルについてもひとことも言わないので、例の通りに夫人がとりなすように、景色をほめ立てて、名人の同意をもとめた。名人はうなずくでもなく、さからうでもなかった。

私は名人を明るい外光のなかに置きたくて、庭へ誘い出した。

「さあ、あなた、参りましょう。暖いから大丈夫ですよ。きっとせいせいなさいますよ。」と、夫人は私のためにも名人を促した。名人はそう億劫《おっくう》がるわけでもなかった。大島が霞《かす》んで見えるような小春日和《びより》だった。暖くないだ海に鳶《とび》が舞っていた。庭の芝生のはずれに松がならんで、海を縁取っていた。その芝生と海との線に、新婚旅行の幾組かが点々と散らばって見えた。大きく明るい景色のなかにいるせいか、新婚旅行らしいぎこちなさがなく、花嫁のきものが海や松の色に浮き出て、遠目にはなお幸福な新鮮さが生き生きと来た。ここに来ているのは、富裕な家の新郎新婦である。私は悔恨に似た羨望《せんぼう》もあって、

「あれは、みんな、新婚旅行ですね。」と、名人に言った。

「面白くないだろうなあ。」と、名人はつぶやいた。

名人のこの無表情なつぶやきを、私は後になっても思い出すことがあった。

私は芝生を歩いてみたかったし、芝生に腰をおろしてもみたかったが、名人はひところに立っているだけなので、私もしかたなくそばに立っていた。

帰りには、一碧湖《いっぺきこ》へ車を廻した。この小さい湖も、晩秋の午後に寂《さ》び深まって、思いがけなく美しかった。名人も車を出て、ちょっと立ってながめた。

川奈ホテルがあまり晴れやかなので、私はまたあくる日の朝から、大竹七段を誘って行った。七段のかたくなにこじれた気持が、ほぐれてくれればいいという老婆心《ろうばしん》もあった。日本棋院の八幡幹事や、日日新聞の砂田記者も誘った。昼はホテルの庭の田舎家《いなかや》ですき焼きをして、夕方まで遊んだ。川奈ホテルは、前に私は舞踊家たちと大倉喜七郎に招かれて来たこともあるし、自分で来たこともあって、案内を知っていた。

川奈から帰って後も、この碁の紛糾は続いて、傍観者に過ぎない私までが、最後には本因坊名人と大竹七段とのあいだを斡旋《あっせん》するようなことになったが、とにかく打ち継がれたのは、十一月の二十五日だった。

名人は横に桐《きり》の大きい火鉢《ひばち》、そしてもう一つ長火鉢をうしろに置いてもらった。湯気をたぎらせた。七段がどうぞとすすめるままに、首巻きをして、裏が毛糸、表が毛布のように見える、被布《ひふ》に似た防寒着にくるまった。自分の部屋でも、これを離さない。その日は微熱があるという。

「先生の平熱は……?」と、盤に向った大竹七段が問うと、

「そうですねえ、五度七分か八分か九分、そのあいだで、六度はない。」と、名人はなにかを味わうような小声で答えた。

また別の時、名人は身長を問われて、

「徴兵検査の時は、四尺九寸九分だったが、それから三分伸びて、五尺二分になった。年を取ると縮むもんで、今はちょっきり五尺です。」と言った。

箱根で対局中に、病気になった名人を診察した医者は、

「育ちぞこなった子供の体ですね。ふくらはぎなんか、まるで肉というものがありませんね。あれでは、自分の体を運ぶ力もないほどでしょうな。薬も一人前は飲ませられないんで、十三四の子供の分量にしとかんと……。」と言っていた。

六

碁盤の前に坐ると名人が大きく見えたのは、無論、芸の力と位であり、修業のたまものであったが、五尺という身長の割に胴は長かった。また、顔も長めに大きく、鼻、口、耳などの道具が大きかった。殊《こと》にあごの骨が出張っていた。私がうつした死顔の写真にも、それらは目立っていた。

名人の死顔がどのように写っているか、焼きつけが出来あがって来るまで、私はずいぶん心配だった。私は写真の現像、焼きつけを、前から九段の野々宮写真館に頼んでいたが、野々宮へフィルムをとどけた時、名人の死顔を写したわけを話して、これだけはていねいにと念を押した。

紅葉祭の後で、私はいったん家へ帰って、また熱海へ行ったので、野々宮から死顔の写真が鎌倉の家へとどいたら、すぐ聚楽《じゅらく》旅館へ送らせることにして、私は妻に、写真を決して見てはならない、人にも見せてはならないと、固く言いつけておいた。私の素人《しろうと》写真で、もし名人の死顔が醜くかったり、みじめだったりして、そういうものが人の目に触れ、そういうことが人の口の端《は》に伝わっては、名人をけがすと思ったからだ。写真の出来が悪ければ、未亡人や弟子たちにも見せないで焼きすてるつもりだった。私の写真機は、シャッタアに故障があったから、写しぞこなっているかもしれなかった。

私が紅葉祭の人たちと梅園の撫松庵《ぶしょうあん》で、昼飯に七面鳥のすき焼きをつついているところへ、私の妻から電話がかかって来た。名人の死顔の写真を私に撮《と》るようにと、遺族の言葉を伝えた。その朝、死んだ名人に会って帰ってから、私は思いついて、もしデス・マスクか最後の写真をという遺族の望みがあれば、私も写真はうつせると、後からくやみに行く妻にことづけさせた。未亡人はデス・マスクはいやだが、写真は私に頼みたいとのことだった。

しかし、いざとなると、私は責任の重い写真をうつす自信がなかった。また私の写真機は、シャッタアがしまる時によくひっかかるので、しくじるおそれがあった。紅葉祭の模様を撮影のために、東京から出張して来た写真師が、撫松庵にも居合わせたのをさいわい、私は名人の死顔を写してほしいと頼んだ。写真師はよろこんだ。名人と縁のない写真師を不意につれて行って、未亡人らは、いやがるかもしれないが、私が写すよりいいにきまっていた。ところが、紅葉祭のための写真師を、ほかへ使われるのは困ると、祭の世話人から苦情が出た。もっともである。今朝《けさ》から、名人の死にたいする感動は、私だけのもので、紅葉祭の人たちのなかに、私はちぐはぐな気持でいた。私はシャッタアの故障を写真師に見てもらった。バルブにあけておいて、掌《て》でシャッタアの代りをすればいいと、写真師は教えてくれた。新しいフィルムを入れてくれた。私は車でうろこ屋へ行った。

名人を寝かせた部屋は、雨戸をしめきって、電燈《でんとう》がついていた。未亡人とその弟とが私といっしょにはいって来て、

「暗いでしょう。戸をあけましょうか。」と、弟は言った。

私は十枚ほど写しただろうか。ひっかからないようにと念じながらシャッタアを切った。写真師に教えられた通りに、手をシャッタアに代えてもみた。写す方向や角度もいろいろに変えたかったが、私は礼拝の心であったから、遺骸《いがい》のまわりをぶしつけに立ち歩くことは出来ないで、ひとところに坐《すわ》ったままであった。

鎌倉の家から写真を送って来て、野々宮の袋の裏に、

「野々宮から今着きました。中は見ませんでした。――豆まきは四日の五時に社務所へおいで下さいとのことです。」と、妻が書いていた。鶴《つる》ヶ岡八幡宮《おかはちまんぐう》の豆まきに、鎌倉の文士たちが年男になる、その節分も近いのだった。

私はなかの写真を出してみるなり、ああとその死顔にひき入れられた。写真はよく出来ていた。生きて眠っているように写って、しかも死の静けさが漂っていた。

仰向けに寝かされた名人の腹の横に、私は坐って写したから、やや斜に見上げたような横顔だが、死人のしるしに枕《まくら》が取ってあるので、顔はこころもち反《そ》り気味になって、強く張ったあご骨と、少しあけた鰐口《わにぐち》とが、なお目立っていた。たくましい鼻も不気味なほど大きく見えた。そうして、閉じた瞼《まぶた》の皺《しわ》から、陰の濃い額にかけて、深い哀愁があった。

半ば戸をあけた窓の明りも裾《すそ》からさし、天井《てんじょう》の電燈も顔の下から照らしているところへ、頭の方が少しさがっているので、額は陰になった。光りはあごから頰《ほお》、そしてくぼんだ瞼と眉根《まゆね》とが鼻のつけ根へ高まるところにあたっていた。なお詳しく見ると、下脣《したくちびる》は陰になり、上脣は光りを受け、そのあいだに口のなかの濃い陰があって、上の歯が一本だけ光っていた。短い口ひげにまじる白毛はわかった。写真では向う側の

右の頬に、大きい黒子《ほくろ》が二つある、その影もうつっていた。また、こめかみから額にかけて、浮き出た血管も、影を持ってうつっていた。暗い額に横皺も見えた。額の上の短い角刈りの毛に、ひとところ光りがあたっていた。名人はこわい髪の毛だった。

七

大きい黒子が二つ見えるのは、右の頬だが、その右の眉毛がまた非常に長くうつっていた。眉毛のさきは瞼の上に弓形を描いて、瞼を閉じた線にまでとどいていた。どうしてこんなに長くうつったのだろう。そして、この長い眉毛と大きい黒子とは、死顔に愛情を添えているようだった。

しかし、この長い眉毛は、私の胸をいためるわけがあった。名人が死ぬ前々日の一月十六日、私たち夫婦がうろこ屋旅館に名人をたずねると、

「そうそう、お目にかかったら、早速申し上げようと思っておりました。あなた、あの眉毛のこと……。」と、夫人は名人をちょっと誘うような目をしてから、私に向き直った。

「たしか十二日でございました。少し暖うございましたね。熱海へ行くのに、ひげでも剃《そ》ってさっぱりしようというので、なじみの床屋さんを呼びましてね、日のあたる

縁側で顔を剃っておりました時に、ふっと思い出したように、床屋さん、左の眉に特別長い眉毛が一本あるでしょう、床屋さん、この長い眉毛は長命の相だというから、大事にしといて下さいよ、切らんで下さいよ、と申しましてね。はあと床屋さんは手を休めまして、ございます、ございます、先生これでございましょう、福眉毛でございますね、長生きなさいますね、大事にいたしましょう、かしこまりました、ということになりましてね。主人はまた私の方を向きまして、ほら、浦上さんが新聞の観戦記にお書きになったのは、この眉毛のことじゃないか、浦上さんは実に細かいところに目のとどく方だねえ、あれを見るまでは、自分でも一向気がつかなかった。そんなことを申しましてね、大変感心しているようでございましたよ。」

名人は例によって黙っていたが、ふと鳥影を見るような顔をした。私は面はゆかった。

しかし、長命の相として、床屋に切り残させたという長い眉毛の話、その二日後に、名人が死ぬとは思わなかった。

また、老人の眉に一本長い毛を見つけて、それを書くなど、つまらないことだけれども、その時は、一本の眉毛にもほっと救われるほど悲痛な場面なのだった。箱根の奈良屋《ならや》旅館での、その日の観戦記を、私はこんな風に書いている。

――本因坊夫人は、老名人につき添って、宿に泊りっきりだ。大竹夫人は六歳を頭に三人の子持ちだから、平塚と箱根とを、帰ったり来たりだ。この両夫人の心労は、はたで見る目もいたましい。名人が病いを押しての二度目の打ち継ぎ、八月十日など、両夫人ともまるで血の気を失い、げっそり人相が変ってしまっていた。

名人夫人も対局中はそばにいたためしはないのだが、この日ばかりは、次の間から、一心に名人の様子を見守り続けていた。碁を見てるのじゃない。病む夫から目を離せぬのだ。

一方大竹夫人は、対局室へは決して姿を見せぬが、じっとしていられぬらしく、廊下に立ったり歩いたり、とうとう思い余ってか、世話人の部屋へはいって来ると、

「大竹がまだ考えているのでございましょうか。」

「ええ、むずかしいところらしいですね。」

「同じ考えるにいたしましても、昨夜眠っておりましたら、楽でございましょうに……。」

大竹七段は病む名人と打ち継ぐのが是《ぜ》か非《ひ》かと、一徹に懊悩《おうのう》して、昨日から一分も眠らずに、今朝の戦いにのぞんでいるのだ。しかも、打ち掛けの約束の時間の十二時半には、黒の手番となり、今はもう一時半近いのに、まだその封じ手がきまらぬのだ。

昼飯どころでない。夫人が部屋に落ちついて待てぬのももっともだ。夫人だって昨夜は一睡もしていない。

ただひとり晴れやかなのは、大竹第二世だけだ。生れて八月目というこの赤ちゃんは、実に立派だ。もし大竹七段の精神を問う人があれば、この赤ちゃんを見せるがいいと思うほどだ。七段の雄魂の象徴のように、全くみごとな赤ちゃんだ。大人の誰を見ても、今日はつらい私は、この桃太郎赤ちゃんで、ほっと救われた。

また、この日初めて私は、本因坊名人の眉に、一寸ばかりも長い白毛を見つけた。瞼がはれあがり、顔に青筋立った名人の——この長い眉毛は、やはりほっと一つの救いだった。

まったく対局室は鬼気迫るというべく、その廊下に立って、夏の日の強い庭をふと見おろすと、近代風な令嬢が無心に池の鯉《こい》に麩《ふ》を投げているのが、私はなにか奇怪なものを眺《なが》める感じで、同じ世のこととは信じられぬほどだった。

名人夫人も大竹夫人も顔がかさかさに荒れ、青ざめている。対局がはじまると、名人夫人はいつもの通り部屋を出て行ったが、今日は直《す》ぐもどって来て、次の間から名人を見つづけた。小野田六段も瞑目《めいもく》してうなだれている。観戦の村松梢風《しょうふう》もいたましそうな顔だ。さすがの大竹七段もまったく無言で、相手の名人を正視出来ぬ風だ。

白九十の封じ手を開き、名人はしきりと首を左に右に傾けながら、九十二と切りちがえた。そうして白九十四が一時間九分の長考――名人は目をつぶったり、横を見たり、またときどき吐き気をこらえるように下を向いたり、いかにも苦しげだ。姿にいつもの力がない。逆光線で見るせいか、名人の顔の輪郭がぼうとゆるんで、幽鬼じみる。対局室もいつもの静かさと静かさがちがう。九十五、九十六、九十七と続けて盤に打ちおろす石の音が、空谷《くうこく》にひびくように凄《すご》い。

白九十八を名人はまた半時間余り考えた。口をこころもちあいて、瞬《また》きながら、扇を使うのが、魂の底の炎を煽《あお》り立てようとするかのようだ。こんなにしてまで打たねばならないのか。

その時、対局室へはいって来た安永四段が、敷居の手前に両手を突いて、真実こめたおじぎをした。敬虔《けいけん》な礼拝だ。両棋士は気がつかない。そして、名人か七段かがこちらを向きそうになると、そのたびに安永はうやうやしく頭をさげる。まったくこんな風に礼拝するほかはない。鬼神が悽愴《せいそう》の対局であったろう。

白九十八を打って間もなく、記録の少年が十二時二十九分を報《しら》せる。そして三十分、封じ手の時間だ。

「先生、お疲れでございましたら、あちらで御休息なさいまして……。」と、小野田

六段が名人に言う。手洗いからもどった大竹七段も、

「お休み下さいませ、御都合でどうぞ……。私ひとりで考えて、封じさせていただきます。――決して相談はいたしません。」と言ったので、初めて皆の笑い声がひびいた。

名人をこれ以上盤の前に坐らせて置くに忍びない思いやりだ。後は大竹七段が九十九の手を封じるだけだから、名人は必ずしもいなくてもいいようなものだ。名人は立って行くか、やはり坐っているか、首をかしげて考えたが、

「もう少し待っていて……。」

しかし間もなく手洗いに立つと、次の間に来て、村松梢風らと談笑した。盤を離れると、案外元気だ。

一人残された大竹七段が、右下隅の白模様を食い入るように見つめること、一時間十三分、一時過ぎに封じたのが、黒九十九、中央の覗《のぞ》きだった。

その朝、今日の対局場は、別館と本館の二階とどちらがよいかを、世話人が名人の部屋へ聞きに行くと、

「私はもう庭を歩けなくなっているから、本館にしたいけれども、この前、大竹さんが本館は滝の音がやかましいと言っていたから、大竹さんに聞いて下さい。大竹さん

のよい方にする。」

これが名人の答えだった。

八

私が観戦記に書いた名人の眉毛《まゆげ》は、左の眉の一本の白毛であった。ところが、死顔の写真では、右の眉毛全体が長くうつっていた。まさか名人が死んでから、急にのびたわけでもあるまい。名人の眉毛はこんなに長かったのだろうか。写真は右の眉毛の長さを誇張しているようで、真実なのにちがいなかった。

写真が出来ぞこないはしないかと、私はあれほど心配することはなかったようである。コンタックスにレンズはゾナアの一・五でうつしたのだが、私の技巧や工夫はなくても、レンズはその性能だけの働きをしていた。レンズにとっては、生者も死者も、人も物もない。感傷も礼拝もない。ただ私は使い方を大してまちがわなかったので、ゾナアー・五の写真が出来たというだけだろう。死顔の写真なのに、豊かさ、やわらかさのあるのは、レンズのせいかもしれない。

しかし、私は写真の感情が心にしみた。感情は写される名人の死顔にあるのだろうか。いかにも死顔に感情は現われているけれども、その死人はもう感情を持っていない。そう思うと、私にはこの写真が生でも死でもないように見えて来た。生きて眠るかのようにうつってもいる。しかし、そういう意味ではなく、これを死顔の写真として見ても、生でも死でもないものがここにある感じだ。生きていた顔のままうつっているからだろうか。この顔から名人の生きていたことがいろいろ思い出されるからだろうか。あるいは、死顔そのものではなくて、死顔の写真だからだろうか。死顔そのものよりも、死顔の写真の方が、明らかに細かく死顔の見られるのも妙なことだった。私にはこの写真がなにか見てはならない秘密の象徴かとも思われた。

後に私はやはり、死顔をうつすなど、心ないしわざだったと悔んだ。死顔の写真などのこすべきではあるまい。でも、この写真から、名人のただならぬ生涯が私にかよって来ることも事実であった。

名人は決して美男子でも、高貴の相でもなかった。むしろ野卑で貧相であった。目鼻立ちのどれ一つをとっても、美しいものはなかった。たとえば耳は耳たぶがつぶれたようだった。口は大きく、目は大きくなかった。それを長年の芸の鍛えによって、盤に向った姿は大きくあたりを静め、死顔の写真にも魂の香気がただよった。生きて眠るように閉じた瞼《まぶた》の線に、深い哀愁がこもった。

そして、死顔の胸の方に目をうつすと、首だけの人形を、あらい亀甲《きっこう》がすりの着物に突きさしたようだった。この大島のかすりは、名人が死んでから着かえさせたもので、体によく合っていなくて、肩のつけ根のあたりはふくらんでいる。それでも私には、胸から下はまあないような名人の死体が感じられた。「あれでは、自分の体を運ぶ力もないほどでしょうな。」と、箱根で医者が言った、名人の足腰だ。名人の死体をうろこ屋から出して自動車にのせる時にも、名人の首から下はないようだった。観戦記者としての私が最初に見たのは、坐った名人の小さい膝《ひざ》の薄さであった。死顔の写真でも顔ばかりだ。首を一つころがしたような凄《すご》みもある。この写真は非現実的にも見えるが、それは一芸に執して、現実の多くを失った人の、悲劇の果ての顔だからでもあろう。殉難の運命の顔を、私は写真にのこしたのであろう。秀哉名人の芸が引退碁で終ったように、名人の生命も終ったようであった。

九

碁の打ち始め式などということも、この引退碁のほかには、おそらく例がないであろう。黒が一手、白が一手打つだけで、その後は祝宴であった。

昭和十三年六月二十六日、降りつづく梅雨も、その日は晴れ間を見せて、淡い夏雲が浮かんでいた。芝公園の紅葉館の庭は緑が雨に洗われて、まばらな竹の葉に強い日光がきらめいていた。

一階広間の床の正面に、本因坊名人と挑戦者の大竹七段――その名人の左には、将棋の関根十三世名人、木村名人、聯珠《れんじゅ》の高木名人、つまり名人が四人ならんだわけだ。将棋の名人の対局を、将棋と聯珠の名人が観戦する。新聞社が招いて、名人をそろえたのだ。高木名人の次に、観戦記者の私が坐《すわ》っていた。そして、大竹七段の右には、この碁を催す新聞社の主筆と主幹、日本棋院の理事や監事、棋士の長老の七段三人、この碁の立ち合いの小野田六段、それから本因坊門下の棋士などがつらなった。

さて、紋服に威儀を正した一座の気配を見計らって、主筆が打ち始め式のあいさつをした。そして碁盤が広間の中央に用意されるあいだ、いならぶ人々は息を呑《の》んだ。もう名人はいつも盤に向う時の癖が出て、静かに右肩を落している。その小さい膝の薄さよ。扇が大きく見える。大竹七段は目をつぶって、首を前後左右に振っている。

名人が立ち上った。扇子を握って、それがおのずから古武士の小刀をたずさえて行く姿だ。盤の前に坐った。左の手先を袴《はかま》に入れ、右手を軽く握って、真向きに首をあげた。大竹七段も座についた。名人に一礼して、盤の上の碁笥《ごけ》を右脇《みぎわき》におろした。再び礼をすると、七段は目を閉じた。そのままじっとしていた。

「はじめよう。」と、名人が促した。小声だが、はげしかった。なにをしてるかと言わぬばかりだ。七段の芝居気と見てきらったのか、名人の勢《きお》い立った戦意のあらわれか。ほっと七段は目をあいたが、再び目を閉じた。後に伊東の宿でも、対局の朝は法《ほ》華経《けきよう》を読んだような大竹七段は、この時も瞑目《めいもく》して魂を鎮《しず》め、なにかを念じたのであろう。と思う間もなく、石の音高く打った。午前十一時四十分だった。

新布石か旧布石か、星か小目《こもく》か、大竹七段が新と旧とどちらの陣をしくかは、天下の注目を集めていたのだが、黒の第一着手は右上隅の「はの四」、旧布石の小目であった。この黒一の小目で、この碁の大きい謎《なぞ》の一つは解けた。

この小目にたいして、名人は膝に指を組みながら、盤面を見つめた。新聞社の写真やニュウス映画の撮影が多く、どぎつい照明を浴びたなかで、名人は脣《くちびる》が突き出るほど口を固く結び、かたわらの人々が消えたような姿だ。私が名人の碁を観戦するのは、これで三局目だが、名人が盤に向うと、いつも静かな香気が、あたりを涼しく澄ませるように感じる。

そうして五分間、名人は封じ手なのを忘れて、うっかり打ちそうな手つきをする。

「封じ手がきまりました。」と、大竹七段が名人の代りに言って、

「先生、やはり打たないと、調子が悪いですね。」

名人は日本棋院の幹事にみちびかれて、一人次の間に退いた。あいだの襖《ふすま》をしめて、

棋譜に二の手を書きこみ、封筒に入れるのだ。封じる本人のほかに一人でも見れば、封じ手でない。

やがて盤の前にもどった名人は、

「水がないな。」と、二本の指に唾《つば》をつけて、封筒の封をした。その封じ目に名人が署名をした。七段は下の方の封じ目に署名をした。その封筒を大きい封筒に入れて、世話人が封印の署名をした。そして、紅葉館の金庫に預けた。

これで今日の打ち始め式は終ったのだ。

木村伊兵衛が海外に紹介する写真を取るということで、両棋士は対局の姿をさせられた。それがすむと、一座はほっとくつろいで、長老の七段たちも碁盤のまわりに寄って来て、その盤を鑑賞しながら、白石の厚みが三分六厘《りん》だ、八厘だ、九厘だと、いろいろの説があるところへ、将棋の木村名人が横あいから、

「これが石として最高のものですか、ちょっといじらしてもらおう。」と、一握り掌《て》にのせてみた。こういう対局に一手でも打ってもらうと、碁盤に箔《はく》がつくので、自慢の名盤が幾面も持ちこまれているわけだった。

しばらく休んで、祝いの宴が開かれた。

この打ち始め式につらなった三人の名人の年は、将棋の木村名人が三十四、関根十

三世名人が七十一、聯珠の高木名人が五十一であった。数え年である。

十

明治七年生れで、つい二三日前に六十五の誕生日を、日華事変の時節がら、内輪に祝ったという本因坊名人は、紅葉館の出来たのが、

「私が生れたのとどっちが早いでしょう。」と、二日目の打ち継ぎの前に言った。明治の村瀬秀甫《しゅうほ》八段や本因坊秀栄名人も、この家で打ったことを話した。

二日目の対局室は、明治時代のさびのついたような二階で、襖から欄間まで紅葉づくめ、一隅に廻した金屛風《きんびょうぶ》にも光琳《こうりん》風のあてやかな紅葉であった。床の間に八つ手とダリアとが活《い》けてある。十八畳の次の間の十五畳まで明け通しなので、大振りの花も目に障《さわ》らない。そのダリアの花は少ししおれていた。稚児髷《ちごまげ》の少女が花かんざしをさして、ときどき茶の入れかえに来るだけで、人の出入りはない。名人の白扇が、氷水をのせた黒塗りの盆に写って動く静かさ、観戦は私一人だ。

大竹七段は黒羽二重《くろはぶたえ》の一重に絽《ろ》の羽織の紋服だが、今日の名人は少しくつろいでか、縫い紋の羽織だった。盤は昨日のとはちがう。

昨日は黒白一手ずつで、まあ祝賀の式礼であって、真剣の手合いは今日からだと言

えよう。大竹七段は扇子を鳴らすかと思うと、両手を腰のうしろに握り合わせ、また扇を膝《ひざ》に立てて、その上に肘《ひじ》を突き、ちょっと頰杖《ほおづえ》の継ぎ足しのような形をしたりして、黒三の手を考えているあいだに、見よ、名人の呼吸が荒くなった。肩の持ちあがる大きい息づかいだ。しかし乱れてはいない。規則正しい波だった。激しいものが張りつめて来るのかと、私には見えた。なにかが名人のうちに乗りうつって来るようでもあった。名人自身は気がつかないらしいので、私はなお胸を押される感じだった。

しかし、それはほんの短いあいだで、名人の呼吸はおのずから静まって来た。いつとはなしにもとの安らかな息づかいだった。私はこれを戦いにのぞむ名人の精神の踏切りであろうかと思った。名人の無意識のうちに霊感を迎える、心術であろうか。あるいは、燃えあがる気魄《きはく》と闘志とを整えて、無我の三昧境《さんまいきょう》に澄み渡る入り口であろうか。「不敗の名人」の所以《ゆえん》は、こんなところにもあるのか。

大竹七段は盤に坐る前、名人にいんぎんなあいさつをして、

「先生、私、はばかりが近くて、対局中にたびたび失礼いたします。」という言葉があった。

「私も近い。夜なかに三度も起きる。」と、名人はつぶやいたが、七段の体質の神経は、名人にまるで通じないようなので、私はおかしかった。

私なども仕事の机に向うと、小用が近くなるし、しきりに茶を飲むし、神経性の下痢をおこすこともあるが、大竹七段はその極端なものであった。日本棋院の春秋の大手合いでも、大竹七段だけは大土瓶《おおどびん》をそばにおいて、がぶがぶと番茶を飲む。そのころ大竹七段の好敵手であった呉清源《ごせいげん》六段も、盤に向うとやはり小用が近かった。四五時間の対局中に、十度以上立ったのを、私は数えてみたことがある。呉六段はそう茶を飲むわけでないのに、立つたびに音がしたから不思議である。大竹七段のは小用ばかりではない。それが、袴《はかま》は無論のこと、帯まで廊下に解いてゆくのだから変っている。

六分考えて、黒三の手を打つと、

「失礼いたします。」と、早速立った。次の五の手を打って、また立った。

「失礼いたします。」

名人は袂《たもと》から敷島を出して、ゆっくり火をつけた。

この五の手を考えるのに、大竹七段は懐手《ふところで》をしたり、腕組みをしたり、膝の横に両手を突いたり、また、碁盤の上の目に見えないほどの埃《ほこり》を拾い、相手の白の石を裏返した。実は表に向け変えるのだ。白石に裏表があるとすると、はまぐりの貝の内側、縞目《しまめ》のない方が表だろうが、そんなものを気にかける人はない。ところが大竹七段は、名人がかまわずに打つ白石の裏が出ているると、つまんでひっくり返すこともあるのだった。

対局の態度が、

「先生は静かだから、私もそっちに引っぱられちゃって、調子が出ない。」と、大竹七段は半ばたわむれに言っていた。

「私はにぎやかな方がいい。静かだとくたびれますね。」

七段は対局しながら、駄じゃれやじょうだんもしきりに飛ばす癖だが、名人は素知らん顔をしていて、受け答えがないから、一人相撲《ずもう》で調子が悪いし、七段もさすがに名人相手では、いつもよりはつつしんでいた。

碁盤に向った姿の立派さは、中年に達して自然と備わるのか、あるいは今は行儀を軽んじるのか、若い棋士は身悶《みもだ》えをしたり、妙な癖を出したりするが、私が見たうちで異様な感じを受けたのは、日本棋院のいつの大手合いであったか、ある若い四段が対局しながら、相手の手番のあいだは、文芸の同人雑誌を膝に開いて、小説を読んでいた。相手が打つと、顔をあげて考え、自分が打って、相手が考える番になると、また知らん顔で同人雑誌に目を落すのだった。相手を小馬鹿《こばか》にしたような無礼で、相手は癇《かん》にさわりそうだった。この四段は間もなく発狂したということを、その後私は聞いた。おそらく病的な神経では、相手の考えている時間が堪《た》えられなかったのであろうか。

大竹七段と呉清源六段とが、ある心霊家のところへ行って、碁に勝つ心の持ちようを問うと、相手の考えているあいだは無心でいよと、答えたという話もある。本因坊名人の引退碁に立ち合った小野田六段は、なん年か後に、死の直前、日本棋院の大手合いに全勝したというばかりではなく、すごいほど立派な碁を打った。対局の態度もちがった。相手の手番のあいだは、静かに瞑目《めいもく》していた。勝とうとする慾《よく》を離れたと言ったそうである。大手合いを終えて病院にはいり、自分では胃癌《いがん》と知らないで死んだ。大竹七段の少年時代の師の久保松六段も、死ぬ前の大手合いに異常な成績をあげた。

名人と大竹七段とでは、対局の緊張も静と動と、無神経的と神経的と、表面は正反対の現われ方をするのだった。名人は碁に没入すると、厠《かわや》へ立つことなどなくなってしまう。碁の形勢は対局者の恰好《かっこう》や顔色を見れば、たいてい読めるものだが、名人だけはそれが分らないと言われていた。しかし、七段の碁がそのように神経質なわけではなく、逆に力のこもった線の強い棋風だった。長考のたちだから、いつも持ち時間が足りないが、いよいよ時間に追いつめられると、記録がかりに秒を読ませながら、残りの一分間で、百手も百五十手も持つことがあって、その時のすさまじい気合いは、かえって相手をおびやかすのだった。

七段が坐ったと思うとまた立って行くのも、戦いの身支度《みじたく》のようなもので、名人の息づかいが荒くなったのと同じなのであろう。しかし、私は名人の狭い撫《な》で肩の波には心を打たれた。苦しげではなく、険しい風でもなく、名人自身さえ知らない、他人にはうかがえるはずもない、霊感の来る秘密を、私は盗み見たように感じたのであった。

ところが、後から思い合わせると、私のしたりげな感じ方に過ぎなかったらしい。名人はただ胸が苦しくなっただけのことかもしれなかった。対局の日を重ねるにつれて、名人の心臓病は悪化したが、この時初めの軽い発作《ほっさ》が起きたのかもしれなかった。名人の心臓が悪いと知らぬ私は、ああいう印象を受けるのも、尊敬の一つのあらわれにしろ、みだりなことであった。しかしこの時は、名人も自分の病いにまだ気づいていなかったかもしれない。自分の息づかいにも気づかなかったかもしれない。苦痛や不安は顔色に出なかったし、胸に手をやってみるようなこともなかった。

大竹七段の黒五が二十分、白六の手に名人は四十一分費した。この局で初めての長考だった。今日は午後四時に手番となった者が封じる約束のところ、黒十一を七段が四時二分前に打ったから、名人が次の手を二分以内に打たぬかぎり、封じ手になるわけだった。白十二を名人は四時二十二分に封じた。

今朝《けさ》からの晴天がかげって来た。これが関東から関西にも水害を及ぼした大雨の前ぶれであった。

十一

紅葉館の二日目は、午前十時から打ち継がれるはずなのを、早くも一悶著《ひともんちゃく》が起きて、午後の二時まで延びたのだった。観戦記者の私は傍観者で、かかわりはなかったが、世話人たちの狼狽《ろうばい》が目につくし、日本棋院の棋士たちが駈《か》けつけて来て、別室に会議を開いたりしているらしかった。

今朝、私が紅葉館の玄関にはいると、大竹七段もちょうど来たところで、大きいトランクを持っていた。

「大竹さんのお荷物……?」と、私が言うと、

「そうです。今日、ここから箱根へ行って、籠城《ろうじょう》です。」と、七段は対局前のむっとした調子で答えた。

今日は家へ帰らないで、紅葉館から対局者がそろって箱根の宿へ行くということは、

私も前に聞いていながら、七段の大きい荷物が異様に見えたのだった。

ところが相手の名人は、箱根へ行く支度をして来ていなかった。

「そんな話になってたのか。それなら、私は床屋へも行きたいしな。」という風だった。

この碁が終るまで、大方三月ほどは家に帰れぬ覚悟で、勢いこんで出て来た大竹七段は、拍子抜けがするばかりでなく、約束がちがうのだ。その約束を名人に通じてあるのかないのか、あいまいなのが、なお七段の気にさわったのだろう。また、この対局に厳重な規約を設けたのに、それが第一歩から守られぬわけだから、七段は後のことが不安になっただろう。名人に念を押しておかなかったのは、確かに世話人の手落ちだった。しかし、別格の名人に苦情の言える人はないから、若い七段を納得させて、この場をおさめようとするところが見えたのかもしれない。七段は相当に強硬だった。

名人は今日箱根に行くとは知らなかったと言えばそれまでで、別室に人が集まったり、廊下に落ちつかぬ足音がゆききしたり、相手の大竹七段が長いこと姿を見せなかったりするあいだ、元の座に一人でじっと待っているだけだった。昼飯が少しおくれるくらいに、やっと解決がついて、今日は二時から四時まで対局、なか二日おいて箱根へ行くということにきまると、

「二時間では、いくらも打てやしない。箱根へ行ってから、ゆっくり打てばいい。」と、名人は言った。

それはそうにちがいないが、そうはゆかなかった。名人のこういうところから、今日のようなことも起きるのだった。棋士の気分で対局の日を変えるような、わがままはゆるされなかった。今は碁も規則ずくめで戦われる。名人の引退碁にものものしい規約が設けられたのも、名人の昔風な気ままを封じて、名人の位の特権を認めないで、あくまで対等の条件で戦うためであった。

いわゆる「鑵詰《かんづ》め制」が採用されているのだから、それを徹底させるためには、今日は棋士を家に帰さないで、紅葉館から箱根へ行くべきであった。鑵詰めというのは、一局の碁が終るまで、棋士が対局場を離れることも、他の棋士に会うことも出来なくして、助言をふせぐのだから、勝負の神聖を保つこととは言え、人格の尊敬を失ったこととも言える。しかしその方が、棋士はお互いにいさぎよいとも考えられる。ましてこの碁のように五日目ごとの打ち継ぎで、三月にもわたるのでは、当の棋士が望むと望まないとにかかわらず、第三者の智慧《ちえ》がはいるおそれがあって、疑えばきりがなかった。勿論《もちろん》棋士の仲間には、芸の良心も礼節もあるから、打ち掛けの碁について、ましてその対局者に向って、かれこれ言う不謹慎は、ありそうにないが、これももし崩《くず》れ出すときりがなかった。

名人の晩年、十年余りのあいだに、名人の勝負碁は三局しかない。三度とも名人は手合い半ばで病気になった。第一局の後に病身となり、第三局の後は死であった。三局とも打ち終りはしたけれども、途中で病気休養のために、第一局は二ケ月、第二局は四ケ月、第三局の引退碁は七ケ月にわたっている。

その第二局は、引退碁から五年前の昭和五年、呉清源五段とであったが、中盤百五十手のあたりで、細かいながら白がよくないかと見えたところ、名人は白百六十の妙手を放って、二目の勝ちになった。ところが、この天来の妙手は、名人の弟子の前田六段が発見したものだという噂《うわさ》が飛んだ。真偽は分らない。その弟子は否定している。四月もかかったのだから、そのあいだに名人の弟子たちも、その碁をしらべてみたことはあるだろう。そして百六十の手を発見したかもしれない。妙手であるだけに、名人に言わぬとは限らない。しかし、名人も自分でその手を発見していたかもしれない。名人とその弟子以外の者には、わからぬことである。

また、その第一局は、大正十五年、日本棋院と棋正社との対抗戦で、両方の総帥《そうすい》の名人と雁金《かりがね》七段とが先陣に戦ったのだから、二月のあいだに、日本棋院の側でも棋正社の側でも、棋士たちがこの碁をさかんに調べたにはちがいないが、身方の大将に助言したかどうか、私は知らない。おそらく助言はなかったと思う。そういうことを、名人は自分からもとめない人であるばかりでなく、はたから持ってゆきにくい人であった。名人の芸の威厳は、人々を沈黙させるようだった。

しかし、第三局の引退碁の時でさえ、名人が病気になって中断されると、名人になにかたくらみがあるかのような噂もなくはなかった。対局の始終を見て来た私は、それを耳にしてあきれたものだ。

三月の休みの後、伊東で打ち継がれた第一日、最初の一手に、大竹七段が二百十一分、三時間半の長考をしたのには、世話人たちもまったくおどろいた。午前十時半から考えはじめてあいだに昼飯の一時間ほどの休憩をはさみ、秋の日が傾いて、盤の上に電燈《でんとう》がついた。三時二十分前に、ようやく黒百一を打つと、

「こんなとこ飛ぶの、一分で打てそうなもんだけど、馬鹿だねえ。ああ、ふらふらになった。」と、七段はほうっと笑って、

「こう飛ぶか、泳ぐか、どっちにしようか、三時間半考えちゃって……。」

名人は苦笑いしたが、答えなかった。

いかにも七段が言う通り、黒百一の手は、私たちにも分り切ったようなところだった。碁はもう寄せにはいっていて、右下の白模様を黒から侵してゆく手順で、黒百一

はここしかないような好点だった。この「ろ十三」へ一間に飛んだ百一のほかに、「ろ十二」へ泳ぐ手があって、考え迷うにしても、その変化は知れたものだろう。

それを大竹七段はなぜ早く打たないのか。観戦の私も待ちくたびれながら、奇怪に思い、果ては疑惑を生じた。わざと打たないのではなかろうか。なにかいやがらせか、芝居ではないのか。その邪推にも理由があった。つまり、この碁は打ち掛けのまま三月休んでいる。そのあいだに大竹七段は自分で十分に調べてみなかっただろうか。百手までで、細かい碁になりそうだ。寄せは手広いという見当はついても、終局までの見《み》極《きわ》めはつかないだろう。幾通りならべてみても確かではなく、調べはきりがないかもしれない。それにしても、これほど大事な碁を、七段が休みのあいだに調べてみないことはあるまい。黒百一の手は、三月考える間《ま》があったわけだ。それをいまさらしく三時間半考えるのは、休みに調べておいたことの擬装ではないのか。私ばかりではなく、世話人たちも七段の余りの長考をいぶかり、いやな思いらしかった。名人でさえ、七段が座を立ったすきに、

「ずいぶん根気がいいな。」とつぶやいた。稽古《けいこ》碁《ご》ならばいざ知らず、勝負碁の対局中に、名人が相手のことを言うなど、ついぞなかった。

ところが、名人にも大竹七段にも親しい安永四段は、

「この碁は、名人も大竹も、休戦中にほとんどしらべてみなかったらしいね。大竹も妙に潔癖な男だから、名人が病気してるのに、自分がしらべるのはいやなんだね。」と言った。おそらくそうだったのだろう。大竹七段は三時間半に、黒百一の手を考えただけではなく、三月離れていた碁に心をもどすことにつとめ、また全局の形勢と今後の手段とを、出来るだけ読もうとしたのだろう。

十二

封じ手というのも、名人は初めて経験する規則であった。二日目の打ち継ぎに、紅葉館の金庫から封筒を出し、対局者に日本棋院幹事が立ち合って、封印をたしかめ、昨日封じ手を書きこんだ棋士が相手に棋譜を見せて、その手を盤上に打った、箱根と伊東との宿でも、同じ法式がくりかえされた。つまり、打ち掛けの手を相手にかくすのが、封じ手である。

打ち切りでない碁は、黒の手で打ち掛けにするのが、昔からの習わしだった。上手《うわて》にたいする礼譲である。しかしこれでは上手が有利だから、近ごろはその不公平をふせぐために、例《たと》えば夕方の五時まで打つ約束なら、五時に手番となった者の手で打ち掛けにすることに改まった。それをなお一歩進めて、打ち掛けの手を封じることを思いついた。将棋の方で先きに封じ手を用いていたのを、碁でもならったわけだ。相手の手を見ておいて、次の自分の手は、こんどの打ち継ぎの日までにゆっくり調べる、しかもその一日以上幾日かは、時間制限の時間にはいらないという不合理を、なるべく少くしようと考えたあげくの規則だった。

すべてせせこましい規則ずくめ、芸道の雅懐もすたれ、長上への敬恭も失われ、相互の人格も重んじないかのような、今日の合理主義に、名人は生涯の最後の碁で苦しめられたと言えぬでもなかった。碁の道でも、日本、あるいは東洋古来の美風はそこなわれて、なにもかも計算と規則である。棋士の生活を左右する昇段も、微に入り細をうがった点数制度だし、勝ちさえすればいいという戦法が先きに立って、芸としての碁の品や味を思うゆとりもなくなって来る。相手が名人といえども、あくまで公平の条件で戦おうとするのが当世で、大竹七段一人のせいではなかった。また碁も競技であり、勝負だから、それが当然なのだろう。

本因坊秀哉《しゅうさい》名人は三十年の上、黒を持ったことがなかった。「第二位の者」がない第一人者であった。名人の生前には後進の八段もなかった。同時代の相手は完全におさえて、次の時代には地位の及ぶ者がなかった。名人の死後十年の今日、碁ではいまだに名人の位を継ぐ方途が立たないのも、一つは秀哉名人の存在が大きかったせいもあろう。道としての碁の伝統が尊んだ「名人」は、おそらくこの名人が終りであろう。

将棋の名人争奪戦に見られるように、覇権《はけん》の意味がおもになり、名人の位が優勝旗のような名称になり、競技を興行する者の商品になるだろう。実は名人もこの引退碁を、前代未聞《みもん》の対局料で、新聞社へ売ったと言えるかもしれないし、名人が進んで出たよりも、新聞社に誘い出された方が多かったのかもしれない。また、ひとたび名人の位にのぼれば死ぬまで名人という一代制や、段級制度なども、日本のいろんな芸道の流儀や家元の免許のように、封建時代の遺物かもしれない。今の将棋の名人戦のように、年々名人の争い碁を打たなければならなかったら、秀哉名人は早くに死んでいたかもしれない。

昔は名人になると、名人の権威に傷がつくのをおそれて、稽古はしても手合いは避けたものらしい。六十五の老齢で勝負碁を打つ名人など、前にはなかっただろう。しかし、今後は打たない名人など、存在をゆるされないだろう。いろいろの意味で、秀哉名人は新旧の時代の境に立った人のようだ。旧時代の名人というものの精神的尊崇を受けるとともに、新時代の名人というものの物質的な功利も得た。そして偶像を礼拝する心と破壊する心とが織りまざっている日に、古い型の偶像の名残《なごり》として立って、名人は最後の碁に臨んだのであった。

また、名人は明治の勃興期《ぼっこうき》に生れたという幸運もあった。例えば今の呉清源《ごせいげん》は、秀哉名人の修業時代のような浮世の苦労はなく、もし碁の天才が名人を越えたとしても、その個人が全体の歴史の観をなすことは、もうないであろう。名人は明治、大正、昭和の三代に輝く戦歴、今日の碁の隆盛を来した功績で、碁そのものを象徴して立っているのだった。その老名人がこの碁で終りを飾るのだから、心ゆくばかりいい作品を打たせようという、後進のいたわり、武士道のたしなみ、芸道のゆかしさがあっていいはずだが、名人を平等の規則のそとにはおけなかった。法をつくると法をくぐる悪智慧《わるぢえ》が働く。狡《ずる》い戦法を封じるために規則を設けると、その規則を狭く利用する戦法を考えるのが、若い棋士にはないでもない。制限時間、打ち掛け、封じ手なども、いろいろ工夫して武器に使われる。そのために作品としての一局の碁が不純になる。名人は盤に向うと「いにしえの人」であった。こういう当世のこまかい術策は知らなかった。おおよその頃合《ころあ》いを見計らって、自分の都合のよさそうな時に、今日はこれまでと言って、下手《したて》に打たせてから、打ち掛けにして、次の打ち継ぎの日も自分がきめるというような、上手の大きいわがままを当り前の慣例として、名人はこれまで長いこと対局して来た。時間の制限もなかった。そして名人にゆるされた大きいわがままも、名人の鍛えとなったことは、今日のせせこましい規則ずくめの比ではあるまい。

しかし、名人は平等の規則よりも昔風な特権になれているし、例えば呉清源五段との対局にしても、名人の病気などで明朗にはかどらなくて、いかがわしい流言さえあったほどだから、こんどの引退碁の相手をするには、後進の棋士たちが厳重な対局条件で、名人のわがままをふせごうとしたらしかった。この碁の対局条件は、大竹七段が名人と取りきめたのではない。名人の相手を選ぶために、日本棋院の高段者たちがリイグ戦を行う、その前に出来ていたのだ。大竹七段は高段者の代表として、誓約を名人にも守らせようとつとめたのだった。

後に名人の病気などから、いろんな紛糾が起きて、大竹七段がこの碁を放棄すると度々《たびたび》言い張った態度には、後進として老名人にたいする礼譲をわきまえず、病人にたいする人情を欠き、理窟《りくつ》ばかりの理不尽《りふじん》のようなところがあって、世話人をさんざんてこずらせたけれども、いつも正当な言い分は七段にあった。また、一歩を譲ることは百歩を譲ることになるおそれがあるし、一歩を譲るという気持のゆるみは敗局のもとにならぬとも限らない。必死の勝負にあるべきではなかろう。この碁にはどうしても勝たねばならぬ立場であり、その覚悟を固めた七段としては、相手の言うままにならるものでなかった。また、相手が名人だというので、果して例の得手勝手が出たと、七段はなおさら頑固《がんこ》に規約を押し通そうとしたところも、あるいはあったかとさえ、私には思われたほどだ。

勿論《もちろん》、このような対局の条件は、盤上の碁とは別である。打つ時間や場所など、相手の事情を酌《く》み、注文に従って、盤の上では仮借なく戦うことも出来るだろう。そういう棋士もある。その意味では、名人は悪い相手につかまったのかもしれなかった。

十三

勝負の世界では、常に英雄を実力以上に祭り上げるのが、見物の好みのようだ。好敵手が対立するのも人気を呼ぶが、むしろ絶対の一人であるのを望むのではなかろうか。「不敗の名人」の大きい姿は棋士の上にそびえ立っていた。名人にも生涯の運命をかけた戦いは幾度もあったが、この一番という碁に負けたことはなかった。名人になるまでの戦いは勢いであるとしても、名人になってからの、殊《こと》に晩年の戦いにまで、不敗を世間から信じられ、自分も信じて臨まねばならなかったのは、むしろ悲劇だ。将棋の関根名人の、負けて気楽だったのにくらべても、秀哉名人はつらい人だったろう。碁では七分通り先手が必勝と言われ、名人が七段に白で負けても順当だが、素人《しろうと》はそんなことは知らない。

大新聞社の力に動かされ、対局料に誘われたばかりではなく、名人は芸道のために自分が乗り出す意義を重く見たのだろうが、やはり内心に燃え立ったのは、打てるという闘志であったにちがいない。負けるという疑念がきざしたら、おそらく出る名人ではなかった。そして、ついに不敗の冠が落ちるとともに名人の命も消えたようなものであった。名人は自分の異常な天命にしたがって生き通し、その天命にしたがうことが天命にさからうことになったとも言えるだろうか。

その「絶対の一人」の「不敗の名人」が五年ぶりで登場するからこそ、時代離れのした対局条件も認められたのだった。後から思うと、この大袈裟《おおげさ》な対局条件も、夢幻か死神であったかのようだ。

しかも、この条件の約束は、紅葉館の二日目に、名人によって破られ、箱根に着くなりまた破られたのだった。

紅葉館から三日目の六月三十日に、箱根へ行くはずが、大雨の水害のために、七月の三日に延び、八日に延びた。関東は水づかり、神戸地方も荒らされた。八日もまだ東海道の復旧は完全ではなかった。鎌倉の私は大船駅で、名人一行の汽車に乗りかえるのだが、東京発三時十五分の米原《まいばら》行きは、九分おくれて来た。

この汽車は大竹七段の平塚に止まらないから、小田原駅で待ち合わせていると、間もなく七段がパナマ帽の前つばを下げて、紺の夏服姿で現われた。山籠《やまご》もりの支度に、紅葉館へも持って来た、あの大きいトランクだ。顔を見ると先きに水見舞いで、

「私の近所の脳病院なんか、今でも、ボオトで交通してますよ。はじめは筏《いかだ》だった。」

と、七段は言った。

宮の下から堂ヶ島へ下りるケエブル・カアに乗って、真下に早川を見ると、濁流が荒れ狂っていた。対星館はその川中島のようなところに立っていた。部屋に落ちつくと、七段は座を下って、「先生、おつかれさまでございます。よろしくお願いいたします。」と、折目正しいあいさつをした。

そしてその夜は、名人もほどよい晩酌のほろ酔い機嫌《きげん》で、仕方話をする上機嫌だったし、大竹七段も少年の思い出話や家庭の話を持ち出した。さて名人は私に将棋を挑《いど》んだが、私の尻《しり》ごみを見ると、

「それじゃ、大竹さん。」

この将棋は三時間ちかくかかって、七段が勝った。

あくる朝、名人は、湯殿《ゆどの》の横の廊下で、ひげを剃《そ》らせていた。明日の戦いに出る身だしなみだろうか。ありあわせの椅子《いす》には頭をもたれるところがないので、夫人がうしろに寄りそって、名人のうなじを支《ささ》えていた。

その夕方は、立ち合いの小野田六段や八幡幹事も対星館に着いて、名人の挑む将棋や二抜きでにぎやかだった。名人は二抜き、一名朝鮮五目を、小野田六段に負け続けて、

「小野田さんはよほど強い。」と舌を巻いた。

日日新聞の碁の担当記者五井と私との碁は、小野田六段が棋譜を取ってくれた。六段の記録係りとは、名人の対局にもない豪勢である。私は黒番で五目勝ち、この碁は日本棋院の機関雑誌の「棋道」にのった。

箱根に来たつかれを、なか一日休めた、七月十日はいよいよ打ち継ぎの約束の日である。対局の朝の大竹七段は体つきからしてちがう。むうっと口を結んで、常より少し怒らせた肩を振るように、気負って廊下を歩く。瞼《まぶた》のふくらんだ細い一皮目が、不敵な光りを放つ。

ところが、名人から苦情が出た。二晩とも谷川の音でよく眠れなかったというのである。谷川からなるべく遠い離れに碁盤を運んで、写真だけでもと言われて、名人はしぶしぶ坐《すわ》ったが、この宿を対局場とするのにも不服をもらした。

寝不足くらいのことが、打ち継ぎの約束の日を延ばす理由になるものではなかった。親の死目にあえなくても、盤の上に倒れる病いでも、対局の日を守るのが棋士の習い

である。今もその例は珍らしくない。まして対局の朝になって苦情を言うのは、たとい名人にしろ、あるまじいわがままだった。大事な碁だからであろうが、七段にとってもなお大事な碁であった。

紅葉館でも、またここでも、打ち継ぎのたびに、その場になって、約束をたがえられるようでは、審判官の権威を持って、名人にも命令し、裁決し得る世話人はいないのだから、七段は今後のなりゆきもあやぶまれたろう。しかし、大竹七段はいさぎよく名人にしたがった。あまり顔色にも出さなかった。

「この宿を選んだのは自分で、先生がお眠りになれなかったのは、申訳ないことです。」と、七段は言った。

「静かな宿に移って、先生に一晩よく休んでいただいてから、改めて明日お願いしましょう。」

七段はこの堂ヶ島の宿へ前に来たことがあって、碁を打つのによいと思ったらしく、ここを指定したらしい。ところがあいにく大雨の増水で、岩も流れるほどの川音だから、早川のなかに立ったような宿はまったく眠りにくい。七段は責任を感じて、名人にわびたのだろう。

五井記者とつれだって、静かな宿をしらべにゆく、ゆかたがけの七段の姿を、私は見ていた。

十四

早速《さつそく》その日のひる前に、奈良《なら》屋旅館へ宿がえした。そして、あくる十一日、奈良屋の一号別館で、十二三日ぶりに打ち継がれた。この日から名人は碁にはいって、二度とわがままも言わず、うつし身は人にゆだねたように素直であった。

引退碁の立ち合いは、小野田六段と岩本六段の二人だったが、十一日は岩本六段が午後一時に東京から着いて、廊下の椅子に坐ると山をながめた。暦の上の梅雨《つゆ》晴れの日、朝のうちは、実に久しぶりで、日の光りがあって、木の葉の影が湿った土の上に見られ、泉水の色鯉《いろごい》も明るかったのに、対局のはじまるころから、また薄曇りとなった。しかし、床の生花の枝がかすかに揺れるほどの微風はあった。庭の滝と早川の瀬音のほかは、遠くから石工ののみの音が聞えるばかりだ。庭の鬼百合《おにゆり》の匂《にお》いがはいって来る。なにかしらの鳥が、対局室の余りの静かさに、軒端《のきば》を大きく飛んだ。この日は、十二の封じ手から黒二十七の封じ手まで、十六手進んだ。

なか四日休んで、七月の十六日が、箱根で二度目の打ちつぎだった。この前まで紺がすりだった記録の少女も、夏らしく白の絹麻に衣がえしていた。

別館と言っても、同じ庭のなかの離れだが、本館までは一町近くある。その道を昼飯に帰ってゆく、名人のふとした後姿が、私の目にとまった。一号別館の門を出ると少し坂、名人が小腰をかがめて、一人のぼって行く。うしろに軽く握り合わせた小さい両掌《りようて》の手相は、よくは見えぬけれど、筋目が非常にこまかく入り乱れているらしく、それに閉じた扇を持ち添えている。腰からこころもち傾けながら、その上体はしゃんと真直《まつす》ぐなので、かえって腰から下の足が頼《たよ》りなく見える。片側の熊笹《くまざさ》の下に小溝《こみぞ》の水音が聞え、広い道だ。ただこれだけのこと――しかし、この名人の後姿に、ふと瞼《まぶた》が熱くなった。なにか深い感じがあった。対局場を離れたばかりで、ほうっと歩く後姿は、この世ならぬ静かなあわれさだ。明治の人の名残《なごり》ということも思われた。

「つばめ、つばめ。」と、名人は咽《のど》にかすれる声でつぶやくと、空を見上げて立ち止まった。「明治大帝御駐輦《ごちゆうれん》御座所の礎」の岩の前だった。礎の上に枝をひろげる百日紅《さるすべり》は、まだ花がない。奈良屋は昔本陣だった。

小野田六段が追いついて、一足後から、名人をいたわるようにしたがって行った。部屋の前の泉水の石橋へ、名人の夫人が迎えに出た。夫人は午前と午後、いつも対局室まで送って来るが、名人が盤に坐るころを見計って、すうっと消えてしまう。そして、昼休みと打ち掛けの時には、必ず出迎える。

この時の名人の後姿は、なにか平衡が取れていないようだった。つまり、碁の三昧《さんまい》境《きよう》から覚《さ》めていないので、真直ぐな上体はまだ対局の姿勢のままだから、足もとが危《あぶな》っかしいのだ。高い精神の姿が虚空《こくう》に浮かんだように見えるのだ。名人は放心しているのだが、上体は盤に向っていた時から崩《くず》れない。余香のような姿である。

「つばめ、つばめ。」と言う声が、かすれて出ないので、はじめて名人は自分の体が常態にもどっていないことを気づいたかもしれぬ。老名人にはこのようなことがよくあった。名人が私になつかしい人となったのは、その時の姿などが私の心にしみたせいもあるだろう。

十五

名人の体が少し悪いようだと、はじめて夫人が憂《うれ》え顔を見せたのは、箱根での三度目の打ち継ぎ、七月の二十一日だった。

「ここが苦しいと申しまして……。」と、夫人は言いながら、自分の胸を撫《な》でさすった。その年の春あたりから、時々これがあるそうだった。

また、名人は食欲《しよくよく》も衰えて、昨日など、朝飯は抜き、昼飯はトオスト・パンの薄い一切に牛乳一合だったそうである。

名人の強く張ったあご骨の下に、瘦《や》せ落ちた頰《ほお》の肉が、この日は、ひくひく動くのも、私は見た。しかし、暑さの疲れであろうと思った。

その年は梅雨が過ぎても、じめじめ降り通して、夏もおくれていたが、七月二十日の土用入りの前から、急に暑くなった。二十一日も薄もやがどんより明星岳《みようじようがたけ》をつつんで、縁先の鬼百合に黒揚羽蝶《くろあげはちよう》の来るのも、蒸し暑かった。一茎に十五六輪も花をつけた百合だった。庭に烏《からす》が群がって鳴き立てるのも暑かった。記録の少女まで扇を使った。この碁に初めての暑さだ。

「暑いこっちゃなあ。」と、大竹七段は日本手拭《てぬぐい》で額を拭《ふ》いた。その手拭で頭の毛をつかんで、汗を取った。

「碁も暑いこっちゃ。山へ登って来ましたな、箱根の山……。箱根の山は天下の嶮《けん》。」

七段は黒五十九の一手に、昼休みをあいだにはさんで、三時間三十五分費した。

ところが、名人は右手を軽くうしろに突いて、脇息《きようそく》にのせた左手の扇を無心に鳴らせながら、時々庭へ目をやった。楽にくつろいで、涼しそうだった。若い七段の体が目の前で力んでいるのは、見ている私まで身がはいるが、名人の力の重心は遠くにあるように静かだった。

しかし、名人の顔にもあぶら汗が浮いていた。不意に両手を頭へやり、それから両

頬をおさえて、

「東京はえらいでしょうなあ。」と言うと、しばらく口をあいていた。いつかの暑さを思い出したような、遠くの暑さを思ってみるようなとぼけたしぐさだった。

「はあ。湖水へ行った明くる日あたりから、急に……。」と、立ち合いの小野田六段が答えた。小野田六段は東京から着いたばかりであった。湖水というのは、この前の対局日の翌十七日に、名人、大竹七段、小野田六段などがそろって、蘆《あし》の湖《こ》へ釣りに行ったのだった。

大竹七段が長考の黒五十九を打つと、後の三手はそれにつれて必至で、響きに応じるように打たれた。これで上辺《じょうへん》は一段落ついた。次の黒の手はいろいろな手段があって、むずかしいところだが、七段は下辺に転じて、黒六十三をわずか一分で打った。かねての読み筋だったとみえる。また、下辺の白模様に、この偵察を放っておいて、再び上辺にもどり、大竹七段独特の鋭い攻撃を向けるという、後の狙《ねら》いが胸に突き上げて来るのだろう。待ち切れぬような気合いのこもる、石の音だった。

「少し涼しくなった。」と、七段は早速立って行った。廊下に袴《はかま》を脱いでおき、出て来て、その袴の前うしろをまちがえてはいた。

「ハカマがマカハになっちゃった。」と、はき直すと、紐《ひも》を器用に十字結びしながら、

今度は小用に、また、厠《かわや》へ行った。そして座にもどってからも、

「碁を打ってる時は、暑いのが、一番早く分りますね。」と、眼鏡の曇りを手拭に力を入れて拭いた。

名人は氷白玉《こおりしらたま》を食べていた。午後三時だった。名人は黒六十三の手が少し意外らしく、二十分考えた。

対局中、七段がしきりと小用に立つことは、芝紅葉館で打ち始めに、あらかじめ七段が名人にことわっておいたほどだが、この前の七月十六日なども、余りに頻繁《ひんぱん》なので、名人もさすがに驚いて、

「どこか、病気ですか。」

「腎臓ですね。神経衰弱……。考えてると、行きたくなる。」

「お茶を飲まなければいい。」

「飲まなければばいいんですが、考えてると、飲みたくなる。」と、七段は言ううちに、

「申訳ありません。」と、また立って行った。

七段のこの癖は、囲碁雑誌のゴシップや漫画の好材料にもされて、一局中にあれだけ歩けば、東海道は三島の宿《しゅく》に着くであろうと、書かれたこともあった。

十六

打ち掛けになって、碁盤を離れる前に、対局者はその日の手数をかぞえてみたり、消費時間をしらべてみたりする。そういう時も、名人は実に呑込《のみこ》みが悪かった。

七月十六日は四時三分に、黒四十三の手を大竹七段が封じた後で、今日は午前と午後と合わせて、十六手進んだと聞かされても、

「十六手……？　そんなに打った？」と、名人はいぶかしげだった。

記録の少女が、白二十八から黒四十三の封じ手まで、十六手だと、繰り返して名人に教えた。相手の七段も十六手だと説明した。碁はまだ初まりで、盤の上の石は四十二しかない。一目見ただけで分るはずだ。それを名人は二人に言われても、納得ゆかぬようで、その日打った石を一つ一つ、指でゆっくりおさえて、自分で数えてみたが、まだ呑みこめないらしく、

「並べてみれば分る。」と言った。

そして相手と二人で、その日打った石を一旦《いったん》拾いのけると、

「一手。」

「二手。」

「三手。」という風に、十六手まで数え立てながら、打ち直してみて、

「十六手……？　ずいぶん打った。」と、名人はとぼけたようにつぶやいた。

「先生が早く打たれるんで……。」と、七段が言うと、

「私早くない。」

名人はそのままぼんやり盤の前に坐っていて、一向に立つけはいがないので、ほかの者も先きに座を離れるわけにゆかない。しばらくして小野田六段が、

「あちらへ参りましょうか。その方が気が変るでしょう。」

「将棋でも始めるか。」と、名人は目がさめたように言った。

名人はわざととぼけて見せたのでも、ぼんやりを装《よそお》ったのでもない。

その日の僅《わず》か十五六手など、調べるまでもなく、局面全体がいつも棋士の頭のなかにあって、食事中も睡眠中もつきまとっているほどだ。それをこうして自分で並べてみないと、得心《とくしん》がゆかぬらしいのは、名人の丹念《たんねん》で几帳面《きちょうめん》な性格かもしれなかった。また、名人の迂遠《うえん》な一面かもしれなかった。この老名人らしいおもしろさにも、あまり幸福でない孤独の性癖が感じられるようだった。

なか四日おいて、五日目の打ち継ぎ、七月二十一日には、白四十四から黒六十五の封じ手まで、二十二手も進んだ。

打ち掛けになった時、やはり名人は、

「私、今日いくら時間使ってます?」と、記録の少女にたずねた。

「一時間と二十九分です。」

「そんなに使ってますか。」と、名人はきょとんとした。意外のようだった。名人は
この日十一手に使った時間を合わせても、相手の七段が黒五十九の一手に費した、一
時間三十五分よりも六分少いが、名人は自分でもよほど早く打ったと思っていたらし
い。

「使っていらっしゃらないようでも……。早く打たれるようでも……。」と、七段が
言った。

名人は記録の少女に向って、

「帽子が?」

「十六分です。」と、少女が答えた。

「突きあたりが?」

「二十分。」

七段が横から口を入れて、

「つなぎがね、長かった。」

「白五十八ですね。」と、少女は時間の記録表を見ながら答えた。

「三十五分です。」

名人はまだ腑《ふ》に落ちないようで、少女から時間表を受け取ると、自分でながめていた。

風呂《ふろ》好きの私は、夏のことではあるし、打ち掛けになるといつも早く湯にはいるのだが、その日は私とほとんど同時に、大竹七段が勢《きお》い立って湯殿へ来た。

「今日はずいぶん進みましたね。」と、私が言うと、

「先生が早くて、いい手を打たれるから、鬼に金棒ですわ。碁がすんでしまいそうですわ。」と、七段はむっと笑った。

体の力がまだ抜けていなかった。対局の直前や直後に、対局室以外で棋士と顔を合わせるのは、工合悪いものだ。この時の七段の気合いは、なにか決するところがある人のように見えた。苛辣《からつ》な攻撃の読み筋が頭に焼きついているのかもしれなかった。

「名人は早いですね。」と、立ち合いの小野田六段も驚いていた。

「あの早さなら、われわれが棋院の大手合いに十一時間で打つ、その時間で十分打てますね。むずかしいところですがね。あの白の帽子なんか、早く打てない手ですが……。」

二人の消費時間を見ると、四回目の打ち継ぎ、七月十六日までの合計が、白四時間三十八分に対し黒六時間五十二分、それが五回目の七月二十一日では、白五時間五十七分に対し黒十時間二十八分と、この一日で差が大きくなった。

その後、六回目の七月三十一日には、白八時間三十二分に対し黒十二時間四十三分、七回目の八月五日には、白十時間三十一分に対し黒十五時間四十五分となった。

しかし、十回目の八月十四日には、白十四時間五十八分に対し黒十七時間四十七分と、差が縮まって来ている。この日、名人は白百の手を封じて、聖路加《せいろか》病院へはいったのだった。また、八月五日の対局には、白九十の一手に、名人は病苦をこらえて、二時間七分の長考をしたのだった。

そして、十二月四日に打ち終った時、全局の消費時間は、秀哉名人の十九時間五十七分に対し大竹七段が三十四時間十九分で、十四五時間という、不気味なような大差になっていた。

十七

十九時間五十七分というと、普通の対局時間の倍近くだが、それでも名人は持ち時間を、二十時間もあましたわけだった。大竹七段の三十四時間十九分にしても、四十時間には、六時間ほど残っていた。

　この碁は、名人の白百三十が不覚の失着で、この一手が致命傷であった。もし名人にこの敗着がなくて形勢が不明か微細かのまま打ち進んだら、七段はなお錬《ね》り抜いて、四十時間いっぱいにねばっただろうと思われる。白百三十から後は、黒は勝ちを見きわめていたのだろう。

　名人も七段も根気の強い長考型である。七段の碁はたいてい持ち時間ぎりぎりに迫って、残りの一分で百手も打つ気合いが、むしろ凄《すご》みとなっている。しかし、名人は時間制の束縛の下《もと》で修行したのでないから、そういう放れ業《わざ》は出来ないだろうし、一生の最後の勝負碁を時間に追われる憾《うら》みなく打ちたいと考えて、四十時間としたのかもしれない。

　前から名人の勝負碁は、持ち時間が別格に長かった。大正十五年の対雁金《かりがね》七段戦が、十六時間であった。雁金七段が時間切れで敗れた。しかし、黒に時間があっても、名人の五六目勝ちは動かぬ碁であった。時間切れとしないで、雁金七段はいさぎよく投げるべきだとも言われた。呉清源《ごせいげん》五段との時は、二十四時間であった。

　名人のそれらの別格な持ち時間にくらべても、この引退碁の四十時間はおよそ二倍である。棋士一般の持ち時間とは、四倍の延長である。時間制をあってないものにするような時間である。

この法外な四十時間という条件を、名人の側から出したのだとすると、名人みずから重荷を背負ったわけだった。つまり、名人が病苦を我慢しながら、相手の長考を辛抱する羽目になったのだ。大竹七段の三十四時間に余る消費時間が、それを示している。

五日目ごとに打ち継ぐというのも、名人の老体をいたわっての計らいであったが、明らかに逆な結果を招いた。仮りに双方が持ち時間をいっぱいに使って、合わせて八十時間とすると、一回の対局がまず五時間ずつとみて、十六回の打ち継ぎになるから、五日目ごとでは、順調に運んでも、約三カ月かかるわけだ。一局の碁に三カ月も戦意を集中し、緊張を持続するなど、碁の勝負の気合いから言っても無理で、いたずらに棋士の骨身を削るようなものだった。対局中は寝ても覚《さ》めても盤面がつきまとうから、あいだの休みが四日もあっては、休養となるよりも、むしろ疲労を増すのだ。

名人が病気になってからは、このなか四日の休みがなお負担になった。名人は無論のこと、この碁の世話人たちも、一日も早く打ち終らせたいと思うのは、名人を楽にするばかりでなく、名人がいつなんどき倒れるかもしれぬという不安に追われてだった。

名人は箱根で、体がつらいから、勝敗はとにかく、早く打ち終りたいと、夫人にもらしたことさえあった。

「そんなことは、ついぞ一度も、これまで申したことはございませんでしたのに……。」と、夫人はさびしがった。

また、世話人の一人に、

「この碁があるあいだは、病気はよくならない。この碁をここで投げてしまえば、楽になるがなあと、ふっと思うことが、ときどきあった。しかし、そんな、芸に不忠実なことは出来るはずもないし……。」と、ある時一度は言って、さしうつ向いたこともあったという。

「無論、そんなことを真面目《まじめ》に考えたわけじゃない。苦しい時に、頭をかすめるだけだけれども……。」

内輪の打ち明け話だったにしても、よくよくのことであったろう。名人はどんな場合にも、愚痴をこぼしたり、弱音を吐いたりはしない人だった。相手よりほんの少し我慢強かったために勝った碁も、五十年の棋歴のうちには少くないかもしれぬ。また名人は、自分の悲壮や苦痛を誇張して見せる気振りもない人だった。

十八

伊東で打ち継がれて間もなくのある日、この碁がすめば、名人は再び入院か、それとも例年通りに熱海へ避寒かと、私がたずねると、名人はふと心を開くように、

「へえ……。実は、それまでに倒れるか倒れないかが問題で……。大体、今まで倒れずにやって来られたのが、自分でも不思議なんですよ。別に深いことを考えてるわけじゃないし、私は信仰というほどのものも持っていないし、碁打ちとしての責任と言ったって、それだけではここまでやって来られません。まあ、一種の精神力かと思っても、どうも……。」と、こころもち首をかしげて、ゆっくり言った。

「結局、私が無神経なのかもしれません。ぼんやり、ね……。私のぼんやりなところで、かえってよかったのかとも思うんです。ぼんやりの意味は、大阪と東京とでちがいますね。東京でぼんやりと言うと、薄馬鹿《うすばか》の意味ですが、大阪では、まあ絵で、ここはぼんやり描いておくとか、碁で言っても、ここはぼんやり打っておくとか、そういう意味がありますね?」

名人が味わうように言うのを、私は味わい聞いたものだった。

名人がこれだけの感懐をもらすことは珍らしかった。名人は顔色にも口にも、感情

を出さないたちだった。観戦記者として、長いあいだ丹念に名人を見まもっていた私は、名人のなんでもない姿や言葉に、ふと味わいを感じることがあった。

明治四十一年に、秀哉が本因坊を襲名して以来、ことあるごとに名人を支持し続け、名人の著書の助手をつとめて来た広月絶軒は、その随従の三十年余りのあいだに、よろしく頼むとか、御苦労であったとか、名人から言われたことは、一度もなかったと書いている。そのため名人を冷たい人と誤解したという。また、名人の差金で絶軒が動いていると、世間に取沙汰《とりざた》された時も、名人は超然として、われ関せず焉《えん》であったそうだ。名人が金にきたないというのも誤伝で、その反証があげられると、絶軒は書いている。

引退碁の対局中にも、名人はそのような挨拶《あいさつ》は一度もしなかった。挨拶らしいものはみな、夫人が代りに言った。名人を笠《かさ》に着てのことではない。そういう人なのだった。

碁の関係の人がなにか相談を持って来ても、名人は「へえ。」と言ったまま、ぼんやり黙っているので、意見が分りにくく、名人という絶対の地位の人にくどくは問えないし、困る場合もあるだろうと、私は思った。夫人が客の前で、名人の介添え役、取りなし役をつとめることが多かった。名人がぼそっとしていると、夫人がやきもきして、その場をつくろうのだった。

名人の一面、神経や勘の鈍さ、呑込《のみこ》みの悪さ、名人みずからが言う「ぼんやり」は、余技あるいは趣味の勝負ごとのやり方にも、よく現われた。将棋や連珠は無論のこと、名人は撞球《どうきゅう》や麻雀《マージャン》にまで長考して、相手を腐らせた。

箱根の宿で、名人、大竹七段に私も加わって、幾度か球を突いたことがある。名人は甘い七十だった。大竹七段は、

「私が四十二で、呉清源さんが十四……。」などと、碁打ちらしく細かい持ち数を言った。名人は一突きごとにゆっくりと考えるばかりでなく、身構えしてからも、キュウをしごく回数が実に多くて、念を入れて、長くかかるのだった。球と人体との運動の速度によって、撞球の場合も、調子が出るということがありそうに思えるのに、名人には運動の流れがない。名人のキュウのしごきを見ていると、じれったくなる。しかし、なお見続けているうちに、私は名人にかなしいなつかしさを感じて来る。

麻雀の時、名人は懐紙を細長く折って、その上に牌《ぱい》を並べていた。紙の折り方も、牌の並べ方も、きちんとていねいなので、私は名人の潔癖かと思ってたずねてみると、

「へえ、ああやって、白い紙の上に並べると、明るくて、牌が見やすいんです。ためしにやってごらんなさい。」と、名人は言った。

麻雀もやはり生きのいい早打ちに勝負のはずみがつくのだろうと思われるのに、名人は長いこと考えて、ゆっくり打つものだから、相手は辛気臭《しんきくさ》さを通り越して、拍子抜けしてしまう。しかし、名人は相手の気持など無関心に、自分ひとり没入して考え耽《ふけ》るのだった。いやいやお相手されていても、名人は一向に分らなかった。

十九

「碁や将棋をやって、相手の性格が分るものではない。対局を通して、相手の性格を見るなどということは、碁の精神から考えると、むしろ邪道だろう。」と、名人は素人《しろうと》の碁についても言ったことがある。半可通な碁風論好きを憤《いきどお》ったのだろうが、「私などはそんな相手のことよりも、碁そのものの三昧境に没入してしまう。」

名人の死の年の正月二日、つまり死の半月前、名人は日本棋院の囲碁始め式に臨んで、連碁に参加した。その日棋院へ来た棋士が、相手を見つけては、五手ずつ打って帰るというやり方で、まあ祝賀の名刺を置いて行く代りのようなものだった。順番を待つ間が長いので、別にもう一局始まった。この第二局が二十手まで進んだ時、瀬尾初段が手持ち無沙汰《ぶさた》でいたので、名人が相手をしてやった。二十一手から三十手まで、五手ずつ打つことになった。この局の方はもう後を打ち継ぐ棋士がいなかった。名人の手番で、打ち掛けのまま終るわけだ。しかし、その最後の三十の一手を名人は四十分考えた。祝儀《しゅうぎ》の座興に過ぎないのだし、後を打つ者はいないのだし、気楽に打っておいてよいのだった。

引退碁の半ばで、聖路加病院にはいった名人を、私は見舞いに行ったことがある。この病院は部屋の道具なども、アメリカ人の体に合わせて大きかった。高い寝台の上に、小柄の名人がちょんと坐《すわ》ると、なにか危っかしいようだった。顔のむくみは大方ひいて、頰《ほお》に少し肉がついていたが、なによりも心の荷をおろしたという軽い姿で、対局中とは全くちがう気やすい老人に見えた。

引退碁を掲載中の新聞社の人も、そこに来合わせていて、毎週の懸賞問題までが非常な人気を呼んでいると言った。土曜日ごとに、次の手はどこかと、読者の解答を募集していたのだった。私も新聞社の人に口を添えて、

「今週の問題は、黒九十一の手です。」と言うと、

「九十一……?」と、名人はふっと盤面を見る顔をした。しまった、碁の話はいけないのだと、私は気がついたけれども、

「白が一間に飛びつけて、黒が九十一とはね上げたところです。」

「ああ……、あすこは、はねるか、のびるか、二通りしかないところだから、当てる

人が多いでしょうな。」と言ううちに、自然と名人の背姿はしゃんと伸び、膝を正して、首を上げた。対局の姿勢である。凜《りん》と涼しい威が備わった。虚空《こくう》の局に対《むか》って、名人はしばらく忘我のさまだった。

この時でも、正月の連碁の時でも、芸に熱心で一手もいやしくもしないとか、名人としての責任を重んじるとかいうよりも、おのずからなものであったろう。

名人の将棋の相手につかまると、若い者がふらふらになった。私が見た一二の例を言っても、大竹七段と箱根で指《さ》した香落《きょう》ちの一局は、朝の十時から夕方の六時までかかった。また、この引退碁の後で、やはり東京日日新聞が大竹七段と呉清源六段との三番碁を行い、名人が解説を受け持ち、私が第二局の観戦記を書いた時、藤沢庫之助《くらのすけ》五段が碁を見に来て、名人の将棋につかまったことがあった。昼前から夜に入り、午前三時まで指し続けた。その明くる朝も、藤沢五段と顔を合わせるなり、名人は早速将棋盤を持ち出すという風だった。

箱根で七月十一日に、引退碁が打ち継がれた後、名人のお守役を兼ねて、奈良屋に泊りこんでいた、東京日日新聞の囲碁記者砂田は、次の打ち継ぎの十六日の前夜、私たちが集まって来ると、

「名人にはあきれました。あれから四日とも、朝起きると、球を突こうと、名人が呼

びに来て、一日中突き通しなんです。夜おそくまで突いて、それが毎日なんだから、天才どころか、超人ですよ。」と言った。

名人は手合いで疲れたの、くたびれたのと、夫人にもこぼしたことがないそうだった。また、名人の没入の深さの一例として、夫人のよくする話がある。奈良屋で私も聞かせられた。

「麻布の笄町《こうがいちょう》におりました時のことでございますがね……。余り広くもない家でしたから、十畳の間で手合いも稽古《けいこ》もいたしましたが、悪いことに、隣りの八畳が茶の間になっておりました。この茶の間のお客には、大きい声で笑ったり、騒いだりする者がございましてね。一度などは、ちょうど主人がどなたかと手合い中に、私の妹が、生れて間もない子供を見せにまいりまして、なにしろ赤ん坊のことで、休みなしに泣きますでしょう。私は気が気でございません。早く帰ってもらいたいと思いましても、久しぶりで、そういうわけで来たものを、帰れとも言いかねておりました。妹が帰りましてから、さぞうるさかったでしょうと詫《わ》びますと、主人は、妹の来たことも、赤んぼの泣き声も、少しも知らなかったと言うような風でございました。」

そして夫人はつけ足すのだった。

「なくなりました小岸が、早く先生のようになりたいと申しまして、毎晩やすみます前に、床の上で、静坐法《せいざ》をしたりいたしておりました。そのころ、岡田式静坐法というのがございましたね。」

小岸というのは小岸壮二六段、名人が本因坊の跡目にもと考え、「彼一人を頼みにしていたようなもの」と言うほどの、愛弟子《まなでし》であったが、大正十三年一月に、数え年二十七で若死した。晩年の名人はなにかにつけて、小岸六段を思い出すらしかった。

野沢竹朝《たけとも》が四段のころ、名人の家で名人と手合いした時にも、これと似た話がある。書生部屋で内弟子の少年たちの大騒ぎするのが、対局室までひびくので、野沢が立って行って、お前たちは後で名人に叱《しか》られるぞと言った。しかし、名人は騒ぎを知らなかった。

二十

「お昼休みの時なんかも、御飯をいただきながら、こう一心に虚空を見つめておりまして、ものも申しませんで……。よほどむずかしい一手だったんでございましょうね。」と、名人の夫人が言ったのは、箱根で四度目の打ち継ぎの七月二十六日だった。

「御飯を食べていることが、自分でわからないようでございますから、それじゃ胃が働きません、食べる時は食べる気になってもらわないと、毒です、と申しますと、渋い顔をいたしましてね。またじっと虚空を見つめているんでございますよ。」

黒六十九の苛辣《からつ》な攻撃は、名人も予期しなかったらしく、その応手に一時間と四十四分苦慮したのだった。名人にはこの碁が始まって以来の長考だった。

しかし、大竹七段には、五日前からの狙《ねら》いだったのだろう。今朝《けさ》の打ち継ぎに、七段は逸《はや》る心をおさえて、また二十分ほど読み直したが、そのあいだにも体は力が漲《みなぎ》って来て、ひとりでに強く揺れ出し、盤の方へ一膝《ひとひざ》乗り出していた。黒六十七に続いて、黒六十九を強く打ちおろすと、

「雨か嵐《あらし》か。」と言って、高い笑い声を立てた。

ちょうどその時、嵐模様の夕立が来て、たちまち庭の芝生《しばふ》は水につかり、あわててしめたガラス戸を、雨風が叩《たた》きつけた。七段は得意のしゃれを飛ばしたのだが、会心の叫びでもあったらしい。

名人は黒六十九を見て、ふっと鳥影を見たような顔をした。ひょいととぼけて、愛《あい》敬《きょう》を出したような顔をした。これだけのことも、名人にはめずらしかった。

後に伊東での打ち継ぎに、黒の意外の一手、封じ手のための封じ手と疑えるような手を見た時、名人はかっと腹立って、この碁も汚れてこれまでと思い、そこで投げてしまおうと考えたと、休憩を待ちかねて、私たちに憤りをもらしたことがあったが、

その時でさえ、碁盤に向った名人は顔色に出さなかった。名人の心の動揺に、誰も気がつかないほどだった。

してみると黒六十九は匕首《あいくち》のひらめきであったらしい。直《す》ぐ名人は沈思にはいった、昼休みの時間が来た。名人が対局場を立ち去ってからも、大竹七段は碁盤のそばに立ったまま、

「えらいところにさしかかりましたな、峠や。」と、名残《なごり》惜しげに局面を見おろしていた。

「猛烈ですね。」と、私が言うと、

「いつも私ばかり考えさせられますから……。」と、七段は明るく笑った。

しかし、昼休みの後、名人は坐るか坐らぬうちに、白七十を打った。食事のための休憩時間、つまり持ち時間の計算にはいらぬ時間にも、名人の考え続けていたことが露骨にわかるのだが、そうは見せぬために、午後の始めの手を、少し考えるふりをするような技巧は、名人にはなかった。そのかわりに、昼飯のあいだも虚空を見つめていたのだった。

二十一

黒六十九の攻撃は、「鬼手」と言われた。名人も後に、大竹七段独自のきびしい狙いであると、講評した。受けをあやまると、白は収拾がつかなくなるので、名人は白七十の手に一時間四十六分を費した。それから十日後の八月五日に、白九十は二時間七分で、名人が本局中の長考であったが、この白七十はそれに次ぐ長考であった。

そして黒六十九が攻めの鬼手だったとすると、白七十は凌《しの》ぎの妙手だったと、立合いの小野田六段なども敬服していた。名人はここを忍んで、急を凌いだのだった。名人は一歩譲って、難を避けたのだった。打ちづらい名手だったのだろう。黒が鋭い狙いで切りこんだ勢いを、白はこの一手でゆるめた。黒は力んだだけのものは取ったが、白は傷を捨てて身軽になったとも見えた。

「雨か嵐か。」と大竹七段の言う俄雨《にわかあめ》で、一時は空が暗く、電燈《でんとう》をつけた。鏡のような盤面に白石の写るのが、名人の姿と一つになって、庭の風雨の凄《すさ》まじさは、かえって対局室の静かさを思わせた。

その夕立も早く通り過ぎた。靄《もや》が山腹を流れて、川下の小田原の方から、空は晴れて来た。谷向うの山に日が照り、みんみん蟬《ぜみ》が鳴いて、廊下のガラス戸をあけた。七段が黒七十三を打つころには、真黒な小犬が四頭も、芝生にたわむれていた。そして、また空は薄曇って来た。

朝早くにも、一度俄雨が通って行った。午前の対局の時間に、久米正雄が廊下の椅《い》子《す》で、

「ここに坐っているといい気持だ。心境が澄み渡るね。」と、しみじみつぶやいた。

久米は東京日日新聞の学芸部長に新任してほどなくで、前夜から泊りがけで観戦に来ていた。小説家が新聞の学芸部長にはいったのは、近ごろ例のないことだった。碁は学芸部の受け持ちだった。

久米は碁をほとんど知らないので、廊下に腰かけて、山をながめたり、対局者を見たりしていた。しかし、碁打ちの心の波は、久米にも伝わって、名人が悲痛な顔で考えこむと、久米の微笑の温顔にも、同じように悲痛な表情が浮かんで来る。

碁のわからぬことは、私も久米と五十歩百歩だが、それでもそば近く見つづけているうちには、盤上の動かぬ石がなにか命あるもののように話しかけて来るのを感じる。棋士の打つ碁石の音は、大きい世界にひびくように聞える。

対局場は二号別館であった。十畳の次に、九畳、九畳で、三間の離れだった。十畳の間の床に、合歓《ねむ》が生けてあって、

「降りそうな花だ。」と、大竹七段は言った。

この日は十五手進んで、白八十が封じ手となった。

封じ手の午後四時が近づいたと、記録の少女のしらせも、名人は聞えないらしかった。少女は名人の方に少し体を乗り出したまま、ためらっていた。七段が少女の代りに、

「先生、封じ手になさいますか。」と、子供を揺り起すように言うと、やっと聞えたらしく、なにかつぶやいた。しかし、声がかすれて出ないから、聞き取れない。多分封じ手がきまったのだろうと察して、日本棋院の八幡幹事が封筒の用意をして来ても、名人はひとごとのように、しばらくぼんやり見ていた。そして、直ぐと現《うつつ》にはかえれぬ顔つきで、

「まだ手がきまらない。」

それからまた十六分考えた。この白八十は四十四分だった。

二十二

七月三十一日の打ち継ぎには、また対局室が、新上段の間というのに変った。八畳、八畳、六畳の三間つづきで、頼山陽、山岡鉄舟、依田《よだ》学海の額が、それぞれの間《ま》にかかっていた。名人の部屋の上になっていた。

名人の部屋の廊下際《ろうかぎわ》に、あじさいが花の群でふくらむように咲いていた。今日も黒《くろ》

揚羽蝶《あげはちょう》が、その花に来て、鮮かな影を泉水に写していた。庇《ひさし》には藤棚《ふじだな》の葉が重くしげっていた。

名人が白八十二を考えている時、対局室まで水音が聞えるので下を見ると、名人の夫人が泉水の石橋に立って、麩《ふ》を投げていた。それに鯉《こい》の群がり寄る水音だった。

この朝、夫人は、

「京都から客がございまして、私はうちへ帰っておりました。このところ、東京も涼しくて、凌《しの》ぎようございました。」と、私に言った。

「でも、涼しいと、それでまた、こちらでかぜを引かないかと、心配いたしまして……。」

夫人が石橋に立っているうちに、細かい雨が来た。やがて大粒に降りしきった。大竹七段も雨を知らなかったが、人に言われて、

「空も腎臓病かいな。」と、庭を見た。

全く雨の多い夏だ。快晴の対局日は、箱根へ来てからまだ一度もない。しかも晴雨が気まぐれで、今の雨なども、七段が黒八十三の手を考えているあいだに、あじさいの花に日が照り、山の緑が洗われたように光るかと思うと、また直ぐに曇るという風だ。

黒八十三は、白七十の一時間四十六分の記録を超《こ》えて、一時間四十八分の長考だった。七段は両手を突いて、座蒲団《ざぶとん》もろとも一膝さがると、盤の右辺を見つめた。またやがて、懐手《ふところで》をしては、腹を突っ張った。七段の長考の前触れだ。白碁も中盤にさしかかって、このあたりは一手ごとに、むずかしいところだった。白と黒との分野がほぼ明らかになって、確かな目算はまだ立たないが、その確かな目算の手前までは来ていた。このまま寄せにはいるか、敵地に打ち込むか、あるいはどこかで戦いを挑むか、一局の大勢を見て、勝敗を判じ、それによって作戦をねる時であった。

日本で碁を習ってドイツに帰り、「ドイツ本因坊」と言われる、フェリックス・デュウバル博士が、名人のこの引退碁に祝電を寄せて来た。博士の電報を見る両棋士の写真が、今朝の新聞に出ていた。

また白八十八が今日の封じ手となったので、八幡幹事は早速言った。

「先生、米寿《べいじゅ》のお祝いですね。」

名人はもう痩《や》せようのない頬や首が、さらに痩せて見えたけれども、あの暑かった七月十六日よりは元気で、肉が落ちて骨が張るとでも形容するか、意気軒昂《けんこう》としていた。

五日後の対局に、名人が病む姿を見ようとは、誰も思わなかった。

しかし、黒が八十三を打った時、名人は待ちかねていたように、いきなり立ち上った。疲れをほうっとまる出しにした。十二時二十七分だから、当然昼休みとなる時間なのだが、名人の投げ出すような立ち上り方は、これまでにないことだった。

二十三

「こんなことにならなければよいがと、ずいぶん神さまにお祈りいたしましたが、信心が足りなかったんでございましょうね。」と、名人の夫人は、八月五日の朝、私に言った。

「こんなことにならなければよいがと、心配いたしておりました。あまり心配いたしましたので、かえって……。こうなると、もう神さまにお祈りするよりしかたがございません。」とも言った。

物見高い観戦記者の私は、勝負の英雄としての名人に気を取られていて、永年連れ添う妻の言葉を聞くと、虚を突かれた思いで、答えようがなかった。

この碁のために、名人は持病の心臓病がつのって、胸苦しさはよほど前からだったらしい。それを人には一言ももらさなかったのだ。

八月の二日ごろから、顔にむくみが来た。胸も痛み出した。

そうして八月五日が、規約の対局日だった。とにかく、午前の二時間だけ打つということになった。その前に診察を受けるはずで、

「お医者は……？」と、名人は言ったが、急病人で仙石原へ行っていると聞くと、

「そう、それじゃ始めよう。」と促した。

名人は盤の前に坐《すわ》ると、茶碗《ちゃわん》を両の掌《て》で静かにつつんで、温い茶を飲んだ。そして手を軽く膝《ひざ》の上に握り合わせると、体はしゃんとした。しかし、子供が今にもいいんと泣き出しそうな顔に見える。固く結んだ脣《くちびる》を突き出して、頬《ほお》がむくみ、瞼《まぶた》もはれているからだ。

対局は午前十時十七分、ほぼ定刻に始まった。今日もまた朝霧が烈《はげ》しい雨に変って、やがて早川の下流の方から明るんで来た。

白八十八の封じ手を開き、大竹七段の黒八十九が十時四十八分、そうして名人の白九十の手は、正午を過ぎ、一時半近くなっても、まだきまらなかった。病苦に堪《た》えながら、実に二時間七分の大長考だった。そのあいだ、名人は姿を崩《くず》さなかった。顔のむくみはかえってひいて来た。遂《つい》に昼休みとすることになった。

いつも一時間の休憩が今日は二時間で、名人は医師の診察も受けた。

大竹七段も腹工合が悪くて、三種の薬を連用していると話した。脳貧血の予防薬も飲んでいる。七段は対局中に、気を失って倒れることがあった。

「脳貧血を起すのは、碁が悪く、時間がなく、体が変で、たいてい三拍子揃《そろ》った時です。」

そして名人の病気について、

「私は打ちたくないのだけれど、先生がどうしても打つとおっしゃる。」と言っていた。

昼休みの後、対局室へもどるまでに、名人の白九十の封じ手はきまっていた。

「先生、お疲れさまでございました。」と、大竹七段の見舞いに、

「勝手ばかり言ってすみません。」と、名人は珍らしく詫《わ》びて、打ち掛けとなった。

「顔のはれるのは気にならないが、ここがいろいろになって来るので困ります。」と、名人は自分の胸を円く撫《な》で廻《まわ》しながら、久米学芸部長らに、病苦の説明をした。

「息切れがする時と、動悸《どうき》がする時と、おさえられるように胸苦しい時と……。若いつもりですがね。年を感じたのは、五十からです。」

「闘志が年に勝てるといいのですが。」と、久米が言った。

「先生、私ももう年を感じておりますよ、三十でね。」と、大竹七段が言った。

「それは早い。」と、名人は言った。

名人は控えの間で久米部長などと、しばらく坐っていて、少年のころ、神戸へ行って、観艦式の軍艦に、初めて電燈を見たというような昔話も出たが、

「病気で球突《たまつ》きを封じられたんで、困りました。将棋は少しならいい。さあ。」と、笑って立ち上った。

名人の少しは、少しですまない。今日も直《す》ぐ勝負ごとを挑む名人に、久米が言った。

「麻雀《マージャン》の方が、頭を使わなくてよろしいでしょう。」

名人は昼飯に、梅干で粥《かゆ》をすすっただけだった。

二十四

名人の病気は東京にも伝わって、久米学芸部長も来たのだろう。弟子《でし》の前田陳爾《のぶあき》六段も来た。立ち合い役の小野田六段、岩本六段の二人も、八月五日には揃《そろ》っていた。連珠の高木名人も旅行の途中で立ち寄り、宮の下に滞在中という、将棋の土居八段も遊びに来た。勝負ごとで賑《にぎ》わった。

久米の思いやりにしたがって、名人は将棋でなく麻雀で、久米と岩本六段と砂田記者とが相手をした。三人とも腫《は》れものにさわるように気をつかっているのに、名人は

没入してしまって、ひとり長考に耽《ふけ》った。

「あなた、あまり真剣にお考えになると、また顔がはれますよ。」と、夫人が心配そうに耳打ちするのも、聞えない風だ。

そのそばで私は高木楽山名人から、移動連珠または動き五目というのを教わった。高木名人はあらゆる遊びごとが達者な上に、新しい遊びの工夫も上手らしく、まわりを明るくする人柄だった。箱入り娘という遊びの考案を、今日も聞かされた。

夕飯の後もまた、名人は八幡幹事や五井記者を相手にして、二抜き連珠に夜をふかした。

前田六段は昼間、名人の夫人と少し話しただけで、早々に宿を出て行った。前田六段には、名人が師匠であり、大竹七段は義兄なのだが、万一の誤解や巷説《こうせつ》をおそれて、対局者に会うのは避けたのだろう。名人と呉清源《ごせいげん》五段との碁の時、白百六十の妙手は、前田六段が発見したという噂《うわさ》の飛んだことも、思い出したのかもしれない。

翌六日の朝、日日新聞の世話で、東京から川島博士が名人を診察に来た。病名は大動脈弁不完全閉鎖というのだった。

診察がすむと、名人は病床の上に坐って、またもや将棋だ。小野田六段を相手に、成らずの銀という指《さ》し方だった。それから、高木名人と小野田六段とが、朝鮮将棋と

いう指し方をするのを、名人は脇息《きょうそく》にもたれて見ていたが、

「さあ、麻雀にしましょう。」と、待ち切れぬように催促した。しかし、私は麻雀をよく知らないので、人数が足りない。

「久米さんは……？」と、名人は言った。

「久米先生は、お医者さんを送りかたがた、お帰りになりました。」

「岩本さんは……？」

「お帰りになりました。」

「そう……？　帰ったか。」と、名人は力なく言った。そのさびしがりようが、私にもしみて来た。

私も軽井沢へ帰るのだった。

二十五

東京の川島博士、宮の下の岡島医師に、新聞社や日本棋院の関係者が相談の上、名人の意志通り、打ち継がせることにきまった。ただし、五日に一回、一日五時間の対局を、三日か四日に一回、二時間半に縮めて、名人の疲労を少くし、また毎回対局の前後に医師の診療を受けて、打ち続けていいという許可をもらうことになった。

ここに来ては、後の日数を縮めるのが、名人を病苦から解放し、この碁を完成させるのに、窮余の策だったろう。一局の碁のために、二月も三月も温泉宿に滞在するなど、大層な贅沢《ぜいたく》と思えるが、「罐詰《かんづ》め制」という言葉の通り、その碁のなかに「罐詰め」されることだった。なか四日ずつの休みには、自宅へ帰れるのなら、碁を離れて、心もまぎれ、疲れもいやされるだろうが、対局場の宿屋に閉じ籠《こ》められていては、気分の転換がない。二三日か、一週間だと、問題ではあるまいが、二月も三月もというのは、六十五歳の老名人に対しては、残虐《ざんぎゃく》であった。今日の対局では、罐詰めがむしろ定例だから、老人と長期というこの場合にも、それが悪徳と深くは思ってみなかったのだろう。大袈裟《おおげさ》な対局条件を、名人みずからも英雄の冠と見ていたのだろう。

名人は一月と続かないで、倒れた。

しかし、その対局条件は、ここに来て、変更されたのだ。相手の大竹七段にとっては、重大なことであった。初めの誓約通りに打てないのなら、名人はこの碁を投げるのが法だ。さすがにそうは言わなかったが、

「私は三日の休みでは、疲れが取れない。一日二時間半では、気合いがはいらない。」

と言ったりした。

それは譲ったが、老いた病人を相手に戦うという、むずかしい立場に置かれた。

「先生が御病気なのを、私が無理に打たせたとなると、困りますから……。私は打ちたくないのに、先生がどうしても打つとおっしゃるのだけれど、世間はそうは見ないかもしれません。逆に考えられそうだ。また、打ち続けたために、先生の御病気を悪くすると、私の責任のようです。えらいことです。碁の歴史に汚点を残すようなことになって、後々までも、非難を一身に浴びるのはかなわない。人情から言っても、先生にゆっくり休養していただいて、その上で、また打てばいいじゃありませんか。」

いずれにしろ、誰の目にもひどい病人と見える相手では、戦いにくい意味があろう。病気につけこんで勝ったと思われるのはいやだし、もし敗《ま》けたらなおみじめだ。勝敗はまだ明らかに見通せない。盤に向うと、名人はおのずから病気も忘れてしまうたちだから、相手の病気を強《し》いて忘れようとつとめる、大竹七段の方がむしろ不利だ。名人は悲壮劇の人物になってしまった。打ち続けて、盤側に倒れるとも、棋士の本望と言ったと、新聞にも書かれて、芸に殉じる名人とされた。神経質の七段は、相手の病気に拘泥《こうでい》も同情もしないで、戦わねばならないのだった。

このような病人に打たせるのは、人道問題だと、新聞社の囲碁記者も言うほどだった。しかし、名人になんとか打ち続けてもらいたいのは、引退碁を興行する新聞社だった。この碁は新聞に連載中で、たいへんな人気を呼んでいた。私の観戦記も成功して、碁を知らぬ人たちにまで読まれていた。もしここで中絶したら、莫大《ばくだい》な対局料がどうなるかを、名人は案じているのだろうと、私に耳打ちする者もあったが、それは穿《うが》ち過ぎた邪推と思われた。

とにかく、次の対局日八月十日の前夜は、大竹七段に打ち継ぎを承知させようとして、総がかりであった。ああ言えばこう言う、だだっ子のようなつむじまがりが、七段にはあるし、一度うなずいたように見えてうなずいていない、しぶとさもあるし、新聞の係りの記者や棋院の世話役は口下手《くちべた》で、しまつが悪かった。安永一《はじめ》四段は大竹七段の気心を知った友人であり、また、もつれのさばきにもなれているから、買って出て引き受けた形で、七段を説き伏せにかかったが、手こずらせられた。

夜おそく、大竹夫人も平塚から、赤ん坊を抱いて駈《か》けつけた。夫人は夫をなだめあぐねて泣いた。しかし、泣きながらも、夫人は温く、やさしく、条理乱れぬもの言いをしていた。賢女振った諫《いさ》め方ではなかった。真心から泣いて訴える夫人を、私はそばにいて感心した。

夫人は信州の地獄谷の温泉宿の娘である。大竹七段と呉清源とが地獄谷に籠《こも》って、新布石の研究をしたという話は、碁の方では有名だが、私は夫人が娘のころから美人だという噂《うわさ》を知っていた。志賀高原から地獄谷へ下りて来た、若い詩人などに、夫人たち姉妹は美しかった。その印象を、私は詩人から聞いていた。

今、箱根の宿で会ってみると、目立たない世話女房で、私はちょっとあてがはずれたが、身なりもかまわずに世帯《しょたい》やつれして、赤ん坊を抱いた姿に、山村のころの牧歌的な面影も残っていた。温い賢さは直ぐにわかった。そして抱いている赤ん坊は、こんな立派な赤ん坊を見たことがないと、私は感に打たれた。八ケ月の男の子に、堂々と威光がそなわって、大竹七段の雄心が宿っていると見えた。色白で清々《すがすが》しかった。

それから十二三年後の今も、大竹夫人は私に会うと、

「先生に褒《ほ》めていただきました赤ん坊は……。」と、その子の話をする。また、その少年を、

「赤ん坊の時、浦上先生に、新聞で褒めていただいたじゃありませんか。」と、さとすそうである。

この赤ん坊を抱いた夫人が、涙を流して掻《か》き口説くのには、大竹七段も気が折れたらしかった。家庭に忠実な七段である。

しかし、打ち継ぎを承知してからも、夜通し眠らなかった。悩みつづけた。そして、明け方の五時か六時に、宿の廊下を、のっしのっしとひとり歩き廻っていた。早くから紋服に身支度《みじたく》して、玄関の広間の長椅子《いす》に、むうっと横たわってみたりしていた。

二十六

名人の病気は、十日の朝も変りなく、医師は対局をゆるした。しかし、頰《ほお》はやはりむくみ、衰弱が目立った。今日の対局場を、本館と別館とどちらにするかと聞かれて、私はもう歩けないからと、名人が言ったのも、この朝のことだった。でも、本館の部屋は前に、大竹七段が滝の音をやかましがっていたから、大竹七段のよい方にすると答えた。滝は水道だから、滝をとめて、本館で打つことになったが、名人の言葉を聞くと、私にはなにか憤《いきどお》りに似た悲しみがこみ上げて来た。

この碁に没入してからの名人は、もう現身《うつしみ》を失ったように、大方世話人にまかせきりで、わがままの気振りもなかった。名人の病いのために、後をどうするかといういざこざの時にも、肝腎《かんじん》の名人はひとごとのように、ぼんやりしていた。

八月の十日は、前夜の月も明らかだったが、朝の強い日光、鮮かな影、光る白雲、この碁に初めての真夏の天気になった。合歓《ねむ》も葉をいっぱいに拡《ひろ》げていた。大竹七段の羽織の白紐《しろひも》が、くっきり目についた。

「でも、お天気が定まって、ようございます。」と、名人の夫人は言ったが、げっそり人相が変ってしまっていた。大竹夫人も寝不足で、血の気がなかった。両夫人とも、かさかさに荒れた顔に、不安な目を光らせて、それぞれの夫を案じながら、うろうろしていた。それぞれのエゴイズムがあらわな姿とも見えた。

真夏の外光が強いので、その逆光線で見る室内の名人は、なお暗く凄《すご》い姿だった。対局室の者はみなうなだれて、名人をよう見なかった。よくしゃれを飛ばす大竹七段も、今日は全く無言だった。

こんなにしてまで打たねばならないのか、いったい碁とはなんであろうかと、私は名人がいたましかった。直木三十五《さんじゆうご》が、最早《もはや》死の近づいた時、彼としては珍しい私小説の「私」のなかに、「碁打ちは羨《うらや》ましい。」と言い、碁は「無価値と言えば絶対無価値で、価値と言えば絶対価値である。」と書いているのを、私は思い出したりした。直木は梟《ふくろ》と遊びながら、「お前淋《さび》しいことないか。」などと言っていると、梟はテエブルの上の新聞をつついてやぶる。その新聞には、本因坊名人と呉清源との争い碁が出ている。名人の病気のために、打ちかけのままになっている。直木は碁の不思議な魅力と、勝負の純粋さを思って、自分の大衆文学の価値を考えてみようとするが、「――そういうことに近頃はだんだん飽いてきた。今夜の九時までに三十枚の原稿を書き上げなくてはならぬが、もう午後四時過ぎである。しかし私はどうでもいいような気がしてきた。一日位梟と遊ばしてくれてもいいだろう。私は自分の為《た》めにでなく、どんなにジャアナリズムと係累《けいるい》の為めに働いて来たか？　そしてそれがいかに冷酷に私を遇したか？」直木は無理な書き死をした。私が本因坊名人や呉清源を初めて知ったのは、直木三十五の引き合わせだった。

直木の最後は幽鬼じみていたが、今、目の前の名人も幽鬼じみている。

しかし、この日は九手進んだ。大竹七段が黒九十九の手番で、封じ手の約束の十二時半が来たから、後は七段が一人で考えることになって、名人は盤を離れた。はじめて談笑の声が聞けた。

「書生の時分に煙草《たばこ》がきれて、そのころだから煙管《きせる》でしたがね……。」と、名人はゆっくり煙草を吸いながら、

「袂《たもと》くそをつめて飲んだことがありましたよ。それでも気がすみますからな。」

涼しい風が少しはいって来た。名人が前にいないので、七段は絽《ろ》の羽織を脱いで考えた。

打ち掛けになって、自分の部屋にもどると、今日も名人は早速、小野田六段と将棋を指したのだから驚いたものだ。将棋の後がまた麻雀《マージャン》だったという。

私は重苦しくて、対局の宿にはいたたまれないので、塔の沢の福住楼まで逃げ落ち、そこで観戦記を一回書いて、明くる日、軽井沢の山小屋へ帰った。

二十七

名人は勝負ごとの餓鬼のようだった。部屋に籠《こも》りきりの勝負ごとが、よけい体を悪くしたにちがいないが、気分を発散させないで、内攻するたちの名人は、対局の頭を休めるのにも、碁を離れるのにも、勝負ごとしかないのかもしれなかった。名人は散歩にも出ない。

勝負を職業とする人は、たいていほかの勝負ごとも好きなものだが、名人のは態度がちがっていた。気軽に遊ぶということがなかった。ほどほどということがなかった。根気がよくて、きりがなかった。連日連夜、休みなくだった。気晴らしや退屈しのぎとは見えないで、勝負の鬼に食われているように不気味だった。麻雀や撞球《どうきゅう》でさえ、碁の時と同じになって、没我の境にはいってしまうから、相手の迷惑はとにかく、名人自身はいつも真実で、また無垢《むく》だったとも言えるだろう。常人の夢中になり方とはちがって、名人はなにか遠くへ失っていた。

打ち掛けになって夕飯までの、わずかな時間にも、名人は勝負ごとだった。立ち合いの岩本六段が晩酌をしていると、名人は待ちかねて呼びに来た。

箱根で初めての対局の日、打ち掛けになって、大竹七段は自分の部屋へ引き取るな

り、

「碁盤がありましたら、一面。」と、女中に命じて、今の戦いを調べるらしい石の音も聞えたが、名人は直《す》ぐゆかたにくつろいで、世話人たちの部屋へ現われ、二抜き連珠で、私を五六番簡単に負かせてから、

「二抜きは少しふざけたもので、おもしろくありませんよ。将棋にしましょう。浦上さんの部屋にある。」と、いそいそと先きに立って行った。そして、岩本六段との飛車落ちが、夕飯で指《さ》しかけになった。ほろ酔い機嫌《きげん》の六段は、大あぐらをかき、むき出しの股《もも》を叩《たた》きながら、名人に負けた。

大竹七段の部屋からは、夕飯の後にも、ちょっと石の音が聞えていたが、やがて下りて来ると、砂田記者と私とを、飛車落ちで飜弄《ほんろう》しながら、

「ああ、将棋を指すと、どうも歌がうたいたくなるから、失礼しますよ。実際、将棋は好きだなあ。どうして将棋指しにならないで、碁打ちになったか、これだけはいくら考えても、いまだに分らない。碁よりも将棋の方が、よほど古いんですよ。四つになるかならずで覚えて、古いということが、どうして強いということでないか……。」と言うと、童謡、俗謡、得意のしゃれまじりの替え歌などを、大はしゃぎで歌った。

「大竹さんの将棋は、棋院で一番強いでしょう。」と、名人が言った。

「さあ？　先生もお強いから……。」と、七段は答えて、

「日本棋院に、将棋の初段は一人もありませんよ。連珠は、先生に定先を打たれるでしょうね。私のは定石を知らずに、力ばかりで……。先生は、連珠の三段を持ってられるから。」

「三段と言っても、玄人《くろうと》の初段にかなわんだろう。玄人は強いものです。」

「将棋の木村名人の碁は……？」

「かれこれ初段です。このごろ、また強くなったようです。」

大竹七段は続いて名人との平手戦にも、歌いはやして、

「ちゃっちゃか、ちゃっちゃ、ちゃっちゃっちゃあ。」

これに名人もつりこまれて、

「ちゃっちゃか、ちゃっちゃ、ちゃっちゃっちゃあ、と。」

名人には珍らしいことだ。名人の飛車が成り込んで、少し優勢に見えた。

そのころは将棋も陽気だったが、名人の病いが重ってからは、遊びの勝負ごとにも妖気《ようき》がただよった。八月十日の対局の後にまで、名人がなお勝負ごとをせずにいられないのは、地獄の人のようだ。

次の対局日は、八月十四日であった。しかし、名人の衰弱ははなはだしく、また病

苦がつのって、医師も手合いを禁じ、世話人たちは諫止《かんし》し、新聞社も断念した。十四日は名人が一手だけ打って、この碁を休むことにきまった。

対局者が座につくと、先《ま》ず盤の上の碁笥《ごけ》を膝《ひざ》の前におろす。その碁笥が、名人は重そうだった。それから打ち掛けまでの局面をつくる。つまり、二人が手順を追って打ってゆくのだが、はじめ名人の石は、指先からこぼれ落ちるようだったのに、打ち進むにつれて力がはいり、石の音も高くなった。

名人はじっと動かないで三十三分、今日の一手を考えた。その白百を封じて終る約束だ。ところが名人は、

「もう少し打てる。」と言い出した。そういう気分になったのだろう。世話人たちはあわてて相談をした。しかし約束だから、一手で終ることにきめた。

「それじゃ……。」と、名人は白百の手を封じてからも、盤の上をながめていた。

「どうも先生、長々ありがとうございました。どうぞお大事に……。」と、大竹七段があいさつをしても、名人は「は。」と短い声だけで、夫人が代りに答えた。

「ちょうど百手……。何回目？」と七段は記録掛りにたずねて、

「十回目……？　東京で二回、箱根で八回？　十回打って百手……？　一日に十手平均でしたね。」

後で私が名人の部屋へ、しばらくの別れに行くと、名人はじいっと庭の空を見つめていた。

箱根の宿から名人は真直《まつす》ぐ築地《つきじ》聖路加病院にはいるはずだが、二三日は乗物に乗せられないだろうということだった。

二十八

七月の末からは、私の家族も軽井沢に移っていて、私は箱根と軽井沢とのあいだを、この碁のために往来した。片道が七時間ほどかかるので、対局の前日に山小屋を出なければならない。打ち掛けは夕方になるから、帰り途《みち》は箱根か東京に一泊する。三日がかりだ。五日目ごとの対局だと、帰って二日おいてまた出かけるわけで、毎日観戦記を書きながらでは、いやな雨の多い夏、くたびれることだし、碁の宿に泊りこんでいればよさそうなものだが、私は打ち掛けの後の夕飯もそこそこに帰りをいそいだ。

名人や七段と私が同じ宿にいては、その人たちのことが書きづらかった。同じ箱根でも私は、宮の下から塔の沢まで下って泊った。その人たちのことを書きつづけながら、次の対局日に、またその人たちと顔を合わせるのが、工合悪かった。新聞の催しものの観戦記だから、読者の人気を煽《あお》るために、多少の舞文《ぶぶん》もあえてする。素人《しろうと》に高段の碁が分るはずはないのに、一局を新聞に六七十日書きつづけるには、棋士の風貌《ふうぼう》や一挙一動の写生が主になる。私は碁を見ていたというよりも、碁を打つ人を見ていたのだった。また、対局の棋士が主人であって、世話人も観戦記者も従僕である。自分によく分りもしない碁を、無上に尊重して書いてゆくには、棋士に敬愛を持つほかはなかった。勝負の興味ばかりでなく、一つの芸道の感動が私にあったのは、自分を空《むな》しゅうして名人をながめたお蔭《かげ》であった。

名人の病いで、とうとう引退碁が中断された日、軽井沢に帰る私は心が沈んだ。上野駅で、荷物を汽車の網棚《あみだな》に上げると、五六列向うの座席から、背の高い外人がつかつか立って来て、

「それ、碁盤でしょう。」

「そうです。よくおわかりになりましたね。」

「私もそれ持っています。たいへんいい発明です。」

板金の碁盤に磁力で石が吸いつくしかけで、汽車の中でも都合がよかった。蓋《ふた》をしておくと、なんだかわからない。私は手軽に持ち歩いていた。

「一石願いましょう。碁はたいへんおもしろくて、よろしいです。」と、外人は日本語で言うと、さっさと自分の膝の上に盤を置いた。膝が長くて高いから、私の膝にの

せるよりも打ちやすかった。

「十三級です。」と、はっきりと計算のように言った。アメリカ人だった。

はじめ六目置かせてみた。日本棋院で教授を受け、知名の日本人とも打ったという話で、形は整っているが、身の入らぬ早打ちだった。負けるのは一向平気らしく、何局でも無造作にかたづけて、こんな遊びに強《し》いて勝とうと力むのは、無駄骨《むだぼね》だという風だった。教えられた型通りに、堂々とした陣を張って、出足はみごとだが、まるで戦意がなかった。私の方からちょっと押し返したり、不意を突いたりすると、意地のないやぶれ方、ねばりのない崩《くず》れかたは、腰の弱い大男を掬《すく》い投げるようで、こちらがよほどの性悪かしらと、いやな気がして来るほどだった。上手下手《じょうずへた》は別として、手答えがないのだ。張り合いがないのだ。どんなに下手な碁でも日本人なら、勝負の根性骨にぶつかって、こんなに踏ん張りの弱いためしはない。碁の気合いがないのだ。私は異様な気持がして、全く異民族を感じた。

そんな調子で、上野の駅から軽井沢近くまで四時間以上、続けざまに打って、幾度負けても腐らない、陽気な不死身には、こちらが参りそうだった。無邪気で素直な弱さにたいして、私は意地悪のようにも思えた。

西洋人の碁の物珍らしさもあってか、四五人の乗客が寄って来て、私たちのまわりに立っていた。それが私はいくらか気にかかるのに、ぶざまな負け方をしているアメリカ人は、見物など頓着《とんじゃく》しないようだった。

このアメリカ人にしてみれば、文法から習いはじめの外国語で、口論するようなものだし、遊びに向きになることもないのだろうが、とにかく、日本人と打つのとまるで勝手がちがうのは確かだった。西洋人には、碁はだめなのじゃないかと、私は考えてみたりした。というのは、デュウバル博士のドイツには、碁をたしなむ者が五千人出来、アメリカにも碁が迎えられはじめたことなどが、箱根でよく話題になったのだ。初学の一アメリカ人を、例に取るのは軽率だろうが、一般に西洋人の碁は気合いに乏しいと言われる。日本の碁は、プレイとかゲエムとかの観念を超《こ》えて、芸道とされている。東洋古来の神秘と高風とが流れている。本因坊秀哉《しゅうさい》名人の本因坊も、京都寂《じゃっ》光寺《こうじ》の塔頭《たっちゅう》の名である。秀哉名人も得度《とくど》していて、初代本因坊算砂《さんしゃ》こと僧日海の三百年忌に、日温という法号を授けられている。私はアメリカ人と打ってみて、その人の国に、碁の伝統がないことも感じた。

伝統と言えば、碁もまた中国から伝来したものだ。しかし、ほんとうの碁は日本で出来たものだ。中国の碁の芸は今も、三百年前も、日本にくらべて話にならない。碁が高まり深まったのは、日本人によってであった。昔中国から移入した多くの文物が、中国でみごとに発達していたのとちがって、碁は日本でだけみごとに発達した。もっともそれは、江戸幕府が保護を加えた後で、近世のことである。碁は千年も前に伝来したのだから、長い時代、日本の碁の智慧《ちえ》も育てられなかったわけだ。しかし、中国で、仙心の遊びとされ、神気がこもるとされ、三百六十有一路に、天地自然や人生の理法をふくむという、その智慧の奥をひらいたのは、日本であった。外国模倣、輸入を、日本の精神が超えたのは、碁に明らかであった。

碁将棋ほど智能的な遊戯も勝負事も、ほかの民族にはないかもしれない。一局の碁を考える制限時間が八十時間で、三月もかかる勝負事など、よその国にはないかもしれない。碁は能や茶などのように、日本の不思議な伝統に深まったのだろうか。

秀哉名人の中国漫遊談を、私は箱根で聞いたことがあったが、どこで誰と何目で打ったという話が主《おも》で、私は中国の碁も相当強いと思いながら、

「それじゃ、中国の強い人と日本の素人の強いのと、だいたい同じくらいですね？」

と、たずねると、

「そう、そういうことになりましょうかな。向うの方が少し弱いかもしれんが、まあ素人同士は似たもんでしょうな。中国には、専門家はないから……。」

「そうすると、日本と中国との素人が同じくらいだということは、つまり、中国でも

日本のように専門家を養成したら、中国人にもその素質があるということになりますか。」

「そういうことになりましょうかな。」

「見込みがあるわけですね。」

「あるでしょうが、ちょっと急にはね……。なかなかの打ち手はいましたがね。それに、どうも賭《か》けが多いらしい。」

「しかし、碁の素質は、やはりあるわけですね。」

「ありましょうな。呉清源《ごせいげん》のようなのも飛び出すから……。」

私はその呉清源六段を近く訪《たず》ねるつもりだった。引退碁の対局のありさまを、克明に見てゆくにつれて、呉六段がこの碁を解説するありさまも、私は見ておきたくなった。それも観戦記の補遺と思えた。

この天才が中国に生れて、日本に生きているのは、なにか天恵の象徴のようである。呉六段の天才が生きたのは、日本へ来たからであった。古い昔から一芸に秀《ひい》でた隣国人が、日本で尊ばれた例は少くなかった。今もそのみごとな例が呉六段である。中国にいては止まりになる天才を、育成し、愛護し、厚遇したのは日本であった。少年の天才をほんとうに発見したのも、中国に遊歴した日本の棋士だった。少年は中国にいた時から、日本の棋書に学んだ。日本よりも古い中国の碁の智慧が、この少年に一筋発光したと、私は感じることもあった。そのうしろに大きい光源が深い泥土《でいど》に沈んでいる。呉は生れつきの才があった。としても、幼いころに磨《みが》き出す機会に恵まれぬと、その才が伸びないで埋もれてしまう。今の日本でも、芽立ちぞこなう棋才は少くないだろう。個人にもまた民族にも、人間能力のこういう運命は常にある。民族の過去に輝いて現在は薄れている智慧も、過去から現在まで隠れていて将来現われる智慧も、多いにちがいない。

二十九

呉清源六段は富士見の高原療養所にいた。箱根の対局ごとに、砂田記者が富士見へ行って、解説の口述筆記を取って来た。私はそれを観戦記のなかへ適宜に挿入《そうにゅう》した。新聞社がこの人を解説者にえらんだのも、大竹七段と呉六段とが、若い現役棋士の双《そう》璧《へき》として、実力も人気もならび立っていたからだった。

呉六段は打ち過ぎから体を悪くしていた。また、中国と日本との戦争に心をいためていた。速《すみや》かに平和の日を迎えて、風光明媚《めいび》な太湖に、日華の雅客と舟をうかべたいというような随筆を書いていた。高原の病床で、「書経」、「神仙通鑑」、「呂祖全書」

などを読んでいた。昭和十一年に帰化もして、呉泉と日本名を用いていた。

私が箱根から軽井沢へ帰ると、学校はみな夏休みなのに、この国際的な避暑地にも、軍事教練の学生隊が入りこんで、銃声が聞えた。文壇からも、私の知人や友人が二十人余りも、陸海軍の漢口攻略戦に従軍した。私はその人選にもれた。従軍しなかった私は、昔から戦時には碁がはやると言い、陣中で武人が碁を打った逸話は少くないし、日本の武道は芸道の心と流れ合って、それが宗教的な人格にも通い、碁はそれをよく象徴していると、観戦記に書いたりした。

八月の十八日、砂田記者が軽井沢へ誘いに寄ってくれて、小諸《こもろ》から小海線《こうみせん》に乗った。八ヶ岳の裾《すそ》の高原で、なにか百足《むかで》のようなものが、夜なかに線路の上へたくさん涼みに出て、それを轢《ひ》き殺してゆく汽車の車輪は、あぶらですべるほどだと、乗客の一人が話していた。その夜は上諏訪《かみすわ》温泉の鷺《さぎ》の湯に泊って、明くる朝、富士見の療養所へ行った。

呉清源の病室は玄関の上の二階で、片隅《かたすみ》に畳が二畳はいっていた。小さい板の碁盤を、組み立ての木の足の上へ、小さい蒲団《ふとん》を敷いてのせ、小さい石をならべながら、呉六段は解説した。

伊東の暖香園で、名人に二目で打つ呉清源を、私が直木三十五と見たのは、昭和七年のことだった。六年前のその時は、筒袖《つつそで》の紺がすりを着て、指の長い手、肌《はだ》の初々《ういうい》しい首など、高貴の少女の叡智《えいち》と哀憐《あいれん》とを感じさせたものだが、今は高貴の若い僧のような品格も加わっていた。耳や頭の形から貴人の相で、これほど天才という印象の明らかな人はなかった。

呉六段はよどみなく解説を筆記させたが、ときどきは頬杖《ほおづえ》を突いて考えこんだ。窓の栗《くり》の葉が雨に濡《ぬ》れて来た。どういう碁かと、私は質問した。

「そうですねえ、細かいです。非常に細かいでしょうと思います。」

中盤で打ち掛けの碁、まして名人の碁に、ほかの棋士が勝負の予想をみだりに言えるはずはない。私はそれよりも名人と大竹七段との打ち方、つまりこの碁の作風の鑑賞から、一局を芸術的な作品と見ての批評が聞きたかった。

「立派な碁です。」と、呉清源は答えた。

「そうですねえ、一言で言うと、二人とも、大事な碁ですから、十分念を入れて、堅く打たれています。見損じや見落しが、おたがいに一つもないでしょう。こういうことは珍らしい。立派な碁だと見ています。」

「はあ?」

私は物足りなくて、

「黒が手堅くて厚いのは、僕らにもわかりますが、白もそうですか。」

「そう、名人も堅く打ってられますね。一方が堅く打って来ると、相手も堅く打っておかなければ、後で崩《くず》れて困ることがあるでしょう。時間は沢山あるし、大事な碁ですから……。」

あたりさわりのない皮相の意見で、私の望むような批評は出そうになかった。私の問いに応じて、細碁の形勢と断じたのは、むしろ大胆な答えなのかもしれなかった。

しかし、名人が病いに倒れるまでを見て、私はこの碁に対する感動も高ぶっている時だから、なにか精神に触れた解説が聞きたいのだった。

近くの宿屋に、文芸春秋社の斎藤竜太郎が療養していたので、私たちは帰りによってみた。斎藤は先きごろまで、呉清源の隣室にいた話をした。

「ときどき、寝静まった真夜中に、ぱちりぱちりと碁石の音が聞えて来て、すごいようだった。」

また、見舞客を玄関に送って出る、呉清源の物腰が立派だと、斎藤は言っていた。

名人の引退碁が終って間もなく、私は呉六段と南伊豆の下賀茂《しもがも》温泉へ招かれて行って、碁の夢の話を聞いた。夢で妙手を見つけることがあるそうだ。目がさめてから、形の一部分をおぼえていることがあるそうだ。

「自分が打っていて、この碁は、どこかで見たことがあるという気がよくします。夢に見た碁かしらんと思います。」と、呉六段は言っていた。

夢の碁の相手も、大竹七段のことが一番多いそうである。

三十

名人は聖路加《せいろか》へ入院する前に、

「私の病気のために、しばらくこの碁を休むにしても、未完成のものをつかまえて、白がいいとか黒がいいとか、第三者がやたらに批評してもらっては困る。」と言ったとか聞いた。あの際の名人らしい言葉だが、対局者でなければ到底わからぬ、作戦の流れもあることだろう。

名人はこの時分、局勢に望みを持っていたらしかった。打ち終った後で、日日新聞の五井記者や私に、名人のふともらした言葉だが、

「入院する時は、白が悪いとも思っていなかった。少し怪しいかな、という気はせんでもなかったが、はっきり負けとは思っていなかった。」

黒九十九は、中央の白の掛けつぎに覗《のぞ》き、白百とついだのが、入院前の一手だったが、名人は後の講評でも、この白百はつがないで、右辺の黒をおさえて、白地への侵

入を防いでおいたら、「おそらく黒も容易に楽観をゆるされぬ局面なのであった。」と言っている。また、白四十八で下辺の星に打つことが出来て、布石の「天王山を占めたのは、白も不満のない構図と言わねばならない。」として、名人は早くもそこで、「相当に有望」と見たのだった。したがって、「白に天王山を譲った黒四十七は、堅過ぎるように思われる。先《ま》ず緩着の誹《そし》りをまぬがれない。」と講評している。

しかし、大竹七段は黒四十七と堅く打っておかねば、そこに白からの手段が残るのをきらったと、対局者の感想に語っている。また呉六段の解説では、黒の四十七は本《ほん》手《て》であり、厚い打ち方だとされている。

観戦していた私は、黒が四十七と堅くついで、次に白が下辺の星の大場《おおば》を占めた瞬間、はっとしたものだった。私は黒四十七の一手に、大竹七段の棋風を感じたというよりも、七段のこの勝負に臨む覚悟を感じたようだった。白を第三線に這《は》わせて、黒四十七までの厚い壁でがっちりおさえつけたのには、大竹七段の渾身《こんしん》の力がこもっていると見えた。七段は絶対に負けない打ち方、相手の術策に陥らない打ち方に、足を踏みしめていたのだった。

中盤の百手あたりで、細碁の形勢、あるいは形勢も不明というと、黒が打たれたことになるのだが、それはむしろ大竹七段の腰を沈めて度胸の据わった、作戦なのかもしれなかった。厚みは黒がまさっていたし、先ず黒地は確実で、これから白模様をがりがり嚙《かじ》ってゆく、七段得意の戦法に移るわけだった。

大竹七段は本因坊丈和《じょうわ》名人の再来と言われたことがあった。丈和は古今第一の力碁《ちからご》で、秀哉名人もまたよく丈和にたとえられた。手厚く打って、戦いを主として、力で敵を捻《ね》じ伏せる。豪宕《ごうとう》で強烈な棋風であった。危急と変化とに富む、派手な碁が出来るから、なお素人《しろうと》にも人気があった。その二人の力と力とが打ち合っては、激戦につぐ激戦、全局をあげて紛糾というように、絢爛《けんらん》な碁が見られるだろうと、素人は思った。その期待はまったくはずれた。

大竹七段は秀哉名人の得意に真向うのは危いと、用心したのだろうか。広い戦いやむずかしい縺《もつ》れに誘いこまれないように、名人の作戦の余地を極力狭《せば》めながら、自分の得意の形に持ってゆこうとつとめた。白に大場をゆるしても、落ちついて足がためした。堅固な打ち振りは消極的どころか、積極的な底力だった。強い自信が貫いていた。堅忍自重すると見えても、そのなかに力がみなぎっているから、持ち前の鋭い覘《ねら》いを定めて、時には激しく攻めかからないではおかなかった。

しかし、大竹七段にいくら用心されたところで、名人が強引の戦いを挑む機会は、一局のどこかにあっただろう。白は初めにも二隅まで、趣好の広くなりそうな打ち方をしたのだった。白の目外《もくはず》しに、黒が三三《さんさん》へはいった左上隅では、六十五歳の名人が最後の勝負碁だというのに、新手を打ち出したのだった。果してその隅から、やがて風雲が生じた。そこで碁をむずかしくしようと思えば出来た。さすがに名人も大事な碁のせいか、複雑な変化の混戦は避けて、簡明をえらんだ。それから中盤までは、大方黒の打ち方を受けてゆくことになった。そうして大竹七段がやや一人相撲《ずもう》に力んでいるうちに、おのずから細碁の形勢にみちびかれていた。

もっとも、この碁のような黒の打ち方では、細かくなるのが必定で、大竹七段は一目でも確かに残そうとしているのだろうが、白の成功とも見られた。名人が格別の策をほどこしてではない。黒の悪手《あくしゅ》に乗じてではない。黒が手堅く押して来るのに従って、水の流れ雲のゆくように打ちながら、下辺にゆったり白模様を描いて、いつとなく微妙な勝負になっているのは、名人の円熟の境であったろうか。名人の棋力は老齢で衰えてもいなかったし、病苦にもそこなわれなかった。

三十一

聖路加病院から世田ヶ谷宇奈根《うなね》の家に帰った、本因坊秀哉《しゅうさい》名人は、
「思えば七月の八日にここを出て、約八十日、夏から秋を留守にしていたわけだ。」

と、談話している。

名人はその日、近所を二三町歩いてみたが、これはここ二月《ふたつき》のあいだで、一番の遠出だった。病院で寝ていて、足が弱っていた。退院して二週間になって、どうやらきちんと坐《すわ》ることが出来るようになった。

「私は五十年この方、正坐《せいざ》することに馴《な》らされて来た。あぐらをかくことは却《かえ》って苦痛だったが、病院で寝台に寝てばかりいたので、帰った当座はきちんと坐ることが出来ず、食事の時など、テエブル・クロオスを前に垂《た》らして、脚《あし》をかくしながら、あぐらをかいていた。あぐらと言うよりも、二本の細い脚を投げ出していた。こんなことは今まで一度もなかった。手合いが始まるまでに、長時間正坐出来ないと大変だから、つとめて正坐するようにしているが、まだ十分とは言えない。」

好きな競馬のシイズンも来たが、心臓がよくないようで、名人は大事を取っていた。しかし、我慢し切れなくて、

「足ならしの意味も手伝って、府中に出かけてみた。競馬を見ていると、なんとなく快くなって、『打てる』という不思議な力の湧《わ》くのを覚えた。しかし、帰宅してみると、やはりシンが弱っているのかぐったりしてしまう。それでも二回競馬に行ったし、もう碁を打つのには支障もなくなったようで、十八日ごろから打つことに、今日きめ

た。」

東京日日新聞の黒崎記者が筆記した、名人の談話である。談話の「今日」というのは、十一月の九日だ。名人の引退碁は八月十四日に箱根で打ち掛けになってから、ちょうど三月目に打ち継がれるわけだった。もう冬に近いので、対局場には伊東の暖香園がえらばれた。

名人夫妻は弟子の村島五段と日本棋院の八幡幹事に附き添われて、対局の三日前の十一月十五日、暖香園に着いた。大竹七段は十六日に来た。

伊豆では蜜柑山《みかんやま》が美しく、海辺《うみべ》の夏蜜柑や橙《だいだい》も黄ばんでいた。十五日は薄寒い曇り、十六日は小雨で、各地に雪が来たとラジオは伝えていた。ところが十七日は空気が甘いような伊豆の小春日和《こはるびより》になった。名人は音無《おとなし》神社や浄《じょう》の池へ運動に出た。散歩ぎらいの名人には珍らしいことだ。

箱根でも戦いの前夜に、名人は理髪師を宿に呼んだが、伊東でもやはり十七日にひげを剃《そ》らせた。箱根でのように、また夫人がうしろから名人の頭を支《ささ》えていた。

「君とこでも白毛を染めてくれるかい。」と、名人は理髪師につぶやきながら、午後の庭に静かな目を向けた。

名人は東京で白毛染めをして来ていた。白毛を染めて戦いに出るなど、およそこの人には似合わないようだが、局半ばで病いに倒れた後だから、そういう身づくろいもしたのだろうか。

いつも短い角刈りにしている名人が、今は毛を長く伸ばして分け、しかも黒く染めているので、なんだかおかしかった。しかし、理髪師の剃刀《かみそり》につれて、濃い渋色の名人の皮膚が、強く張った頬骨《ほおぼね》とともに、むき出しになって来た。

名人の顔は箱根の時のように、青ざめても、むくんでもいないが、十分健康とは見えなかった。

私が暖香園に着くと直《す》ぐ、名人の部屋へあいさつに行って、見舞いを言うと、「へえ。まあ……。」と、名人はぼんやり答えて、

「ここへ来る前の日、聖路加へ行って診察してもらうと、飯田博士も首を傾けてました。心臓はすっかりよくなっていないし、今度は、肋膜《ろくまく》に少し水がたまっているというのです。おまけに、伊東へ来てお医者にみてもらうと、気管支だそうで……。風邪《かぜ》をひいたんでしょうな。」

「はあ？」

私はなんとも言いようがない。

「つまり、前の病気が治《なお》ってないところへ、新しい病気が二つふえて、三つになっ

た。」

日本棋院や新聞社の人たちも い合わせたが、

「先生、お体のことは大竹さんにおっしゃらないで……。」

「どうして?」と、名人はけげんな顔をした。

「また大竹さんがごね出して、むずかしくなりますと……。」

「その通りなんだから……。隠しておくのはよくない。」

「あなた、大竹さんには知らせない方がようございますよ。病人だというので、また箱根の時のように嫌《きら》われますよ。」

名人は黙った。

体の工合を問われると、名人はなんの気なしに、誰にでもありのままに話していたのだった。

名人は楽しみの晩酌《ばんしゃく》も、好きな煙草《たばこ》も、きっぱりとよしていた。箱根ではほとんど歩かなかった名人が、伊東ではつとめて外に出て、多く食べようとしていた。白毛を染めて来たのも、そういう決心の現われかもしれなかった。

この碁がすめば、例年通り熱海か伊東に避寒か、または再び入院かと、私がたずねると、名人はふと心を開くように、

「へえ。実は、それまでに倒れるか倒れないかが問題で……。」
今まで倒れずに打てたのは、自分の「ぼんやり」のせいかもしれないと言った。

三十二

暖香園では前夜に対局室の畳替えをした。十一月十八日の朝、その部屋へはいると、新しい畳の匂《にお》いがした。箱根で使った名盤を、小杉四段が奈良屋から運んで来ておいた。名人と大竹七段とが座について、碁笥《ごけ》の蓋《ふた》を取ると、黒石に夏の黴《かび》が出ていた。宿の番頭や女中にまで手伝わせて、その場で黴を拭《ふ》いた。

名人の白百の封じ手が開かれたのは、午前十時半になった。

黒九十九で、中央の白の掛《か》け粘《つ》ぎの形に覗《のぞ》き、白百は粘ぎだった。箱根での最後の日は、名人のこの一手だけだった。終局後に名人は、

「白百の粘ぎは、病いが昂《こう》じて入院直前の打ち掛けの一手とはいえ、少し考慮の足りない憾《うら》みがあった。ここは手抜きして、『ろ十二』におさえこんで、右下隅の白地を堅めておくべきだった。黒は覗《のぞ》いたからには、勢い切らねばなるまいが、切られても白はさほどの苦痛はなかった。白百で地を守っていたら、黒は恐らく容易に楽観をゆるさぬ形勢である。」と講評している。しかし、白百は悪い手ではないし、この一手

で形勢を損じたというのでもない。大竹七段は名人が当然ついでくれるものとして覗いたのだし、第三者も名人が当然つぐものと見ていた。

してみると白百は封じ手と言っても、大竹七段は三月前にわかっていたはずだ。次の黒百一は右下の白地を侵してゆくしかない。しかも、二筋を一間に飛ぶ一手しかないと、私たち素人には思える。それを大竹七段は十二時の昼休みまでに打たなかった。

昼休みに名人は庭へ出た。これも珍しい。梅の枝も松の葉も光っていた。八つ手やつわぶきの花が咲いていた。大竹七段の部屋の下の椿《つばき》には、絞りの花が一輪早咲きしていた。名人はその椿の花を立ち止まってながめた。

午後の対局室の障子に松の影がうつった。目白が来て鳴いた。縁先の泉水に大きい鯉《こい》がいた。箱根の奈良屋は色鯉だったが、この宿のは真鯉だった。

いつまでも七段が黒百一の手を打たないので、さすがに名人も待ちくたびれたか、静かに眠るように目をつぶった。

観戦の安永四段も、

「むずかしいところではある。」とつぶやくと、膝《ひざ》を半跏《はんか》に組んで、目を閉じてしまった。

なにかむずかしいのか。「ろ十三」と一間に飛ぶ一手なのを、七段はわざと打たないで、ねばっているのかとさえ、私は怪しんだし、世話人たちもじれたが、「ろ十三」と飛ぶか「ろ十二」に泳ぐか、ずいぶん迷ったと、七段は対局者の感想で述べ、名人もいずれかの「得失は難解なところである。」と講評で言った。それにしても、再開の最初の一手に、大竹七段が三時間半を費したのは、とにかく異様な感じだった。この一手で秋の日は傾き、電燈《でんとう》がついていた。

　名人はわずかに五分、白百二を、黒が一間に飛んだあいだへ突き出した。黒百五で七段はまた四十二分考えた。伊東での第一日は五手打っただけで、黒百五が封じ手になった。

　この日の消費時間は、名人のただの十分に対して、大竹七段は四時間と十四分だった。打ち始めから合わせると、黒は二十一時間と二十分となって、空前の持ち時間、四十時間の半ばを超《こ》えた。

　立ち合いの小野田六段と岩本六段とは、日本棋院の大手合いに出ていて、この日は姿を見せなかった。

「このごろ、大竹さんの碁は暗いですね。」と、岩本六段の言うのを、私は箱根で聞いたことがあった。

「碁にも、暗い明るいがありますか。」

「そりゃあ、ありますとも。碁の性格の色です。まあ、碁が陰気なんですな。暗い感じがします。この暗い明るいは、無論勝敗にかかわりませんから、大竹さんが弱くなったと言うんじゃありませんが……。」

大竹七段は日本棋院の春の大手合いでは、八局全敗、ところが一方、名人の引退碁の相手を出す、選手権試合の新聞碁では全勝という、不気味なほどびっこな成績だった。

名人に対する黒の打ち方も明るいとは思えなかった。地底からのし上って来るような、息を殺しておいて叫び出すような、重苦しい印象があった。力が凝結してぶっつかり、自由な流露ではないようだった。出足が軽くなく、後からじりじりと嚙《かじ》ってゆく打ち方のようだった。

棋士の性格にも、大別して二つあるとも聞いた。自分の方が足りない足りないと思いながら打つ人と、足りている足りていると思いながら打つ人とで、例《たと》えば大竹七段を前者とすると、呉清源《ごせいげん》六段は後者である。

足りない型の七段は、自分でも非常に細かいと言うこの碁を、確かな見通しをつけなければ、一子も気安くは打てないのだろう。

三十三

伊東での第一日の後に、果して紛糾が起きた。次の打ち継ぎの日もきめられぬほどこじれてしまった。

箱根の時と同じで、名人の病気のために、対局条件の変更を求めたのを、大竹七段が受け入れないのだった。七段は箱根でよりもかたくなだった。箱根で懲《こ》りているからでもあろう。

内幕のいざこざは観戦記に書けなかったので、私は確かにはおぼえていないが、問題は対局の日取りであった。

なか四日おいて五日目ごとの対局というのが、初めの約束で、箱根ではその通り行われた。四日間は休養のためだが、宿屋に罐詰《かんづ》めでは、かえって老名人の疲労を増した。名人の病いがつのってからは、この四日の休みを縮める話も出たが、大竹七段は拒み通した。箱根の最後の日を一日早めて、四日目に打ち継がれただけだった。しかし、その日は名人が一手打っただけだった。対局日の約束は守られていても、午前十時から午後四時までという約束は、終りには崩《くず》れた。

名人の心臓障害は最早《もはや》持病で、根治の時は知れないから、聖路加の稲田博士も伊東行きをしぶしぶ認めたのだろうが、なるべく一ケ月以内に打ち終ることを望んだ。伊東の第一日の名人は碁盤に向っているうちに、瞼《まぶた》が少しはれて来た。

名人は病気の心配があるから、早く楽になりたい。新聞社としても、読者に人気のあるこの碁を、なんとかして打ち終らせたい。長びいては危い。対局日のあいだの休みを縮めるほかはない。しかし、大竹七段は容易に応じなかった。

「大竹さんの長い友人として、私から頼んでみます。」と、村島五段が言った。

村島も大竹も関西の少年棋士として東京に出、村島は坊門にはいり、大竹は鈴木七段の門下となったが、昔からのよしみがあるし、また棋士仲間の交わりで、村島五段は自分がことをわけて頼めば、大竹七段がわかってくれるものと、楽観していたようだった。ところが、村島五段は名人の体が悪いことまで打ち明けて話したので、逆に大竹七段を硬化させる結果になった。名人の病気を自分にはかくして、また病人と打たせるのかと、七段は世話人たちに言った。

名人の弟子の村島五段が、対局中の宿屋に泊りこんで、名人と会っていることからして、勝負の神聖をそこなうと、大竹七段は癇《かん》にさわっていただろう。名人の弟子であり、七段の妹婿《むこ》である、前田六段は箱根に来ても、名人の部屋にはいなかったし、別の宿を取った。厳粛なはずの対局条件を、友情や人情にからんで変えようというのも、七段は虫がおさまらなかっただろう。

なによりも、老いた病人とまた戦うのが、七段はいやだっただろう。その相手が名人というのも、七段の立場をなおむずかしくする。

話はこじれてしまって、大竹七段は打ち継がないと言い出した。箱根の時のように、夫人が平塚から子供づれで、七段をなだめに来た。東郷という手のひら療法の術者も呼び寄せられた。この人の治療を大竹七段が仲間にもすすめるので、東郷は棋士のあいだにも知られていた。七段は東郷の治療に凝っているばかりでなく、生活についても東郷の意見を重んじているらしかった。東郷はいくらか行者《ぎょうじゃ》じみていた。毎朝法華《ほけ》経《きょう》を読むような七段は、縋《すが》るように深く人を信じるところがあった。恩義に篤《あつ》いたちでもあった。

「東郷さんの言うことなら、大竹さんも必ず聞きますよ。東郷さんは打てという意見らしいから……。」と、世話人は言っていた。

大竹七段は私にいい機会だから、東郷に体をみてもらえとすすめた。親切で熱心だった。七段の部屋に行くと、東郷は私の体を手のひらでさぐって、

「どこも悪いところはありません。細いが長命です。」と、直ぐに言ってから、なおしばらく、私の胸に手のひらを向けていた。私が自分でさわってみると、右の胸の上

だけ丹前《たんぜん》が温くなっていた。これは不思議だった。東郷は手のひらを近づけるだけで、私に触れたわけではないし、左右同じにしているのに、丹前の右の胸が温まり、左は冷たかった。東郷の言うには、右の胸の毒素のようなものが、治療によって外へ出る温度だった。私は肺や肋膜の自覚症状があったことはないし、レントゲン写真でも故障はないが、右の胸を鬱陶《うっとう》しく感じる時はあったから、いつか軽くわずらったのかもしれない。その名残《なごり》で右の胸に、東郷の手のひらの利目《ききめ》が現われるにしても、綿入れの丹前を通して温まるのは、私を驚かせた。

東郷は私にも、この碁は大竹七段の重い使命だと話して、もし放棄するようなことがあれば、七段は一世の指弾を受けるだろうと言った。

名人は世話人たちの七段との交渉の結果をただ待つだけで、することもなかった。細かい話は誰も名人の耳に入れないから、相手が碁を放棄すると言うほど縺《もつ》れているとは知らなかっただろう。しかし、いたずらに日が過ぎてもどかしいばかりだ。名人は気晴らしに川奈ホテルへ行ったりした。私も誘われた。あくる日は私が大竹七段を誘い出した。

放棄するとは言っても、七段は家に帰ってしまわないで、対局場の宿にとどまっているのだから、いずれはなだめすかされて、譲歩するのだろうと、私は見ていた。やはりその通りになって、三日目ごとの対局、打ち掛けは午後四時ということに落ちついたのは、二十三日だった。十八日の打ち掛けから、五日目に解決を見た。

箱根でも、五日目ごとの対局が四日目に変更された時、

「私は三日の休みでは、疲れが取れない。一日二時間半では、気合いがはいらない。」と、七段は言っていた。それが今度は、なか二日の休みに縮まった。

三十四

しかし、ようやく妥協を見たとたんに、また暗礁《あんしょう》にぶっつかった。

話がきまったと聞くと、名人は世話人に、

「早速、明日から始めよう。」と言った。ところが大竹七段は、明日一日休んで、明後日から打つと言った。

名人は気をくさらせて、じりじり待っていたのだから、打つとなると、気負い立って、直《す》ぐにも打ちたい。単純に乗り出した。しかし、七段は複雑に用心した。幾日もの縺れで、頭がくたくたに疲れているから、よく気を静めて、打ち継ぐ心構えを新にしたい。二人の性格のちがいだった。また、七段はこのあいだからの心労のために腹工合を悪くしていた。その上、宿へつれて来た子供に、風邪《かぜ》をひかせて、熱も高かっ

た。子煩悩《こぼんのう》の七段はひどく心配していた。とうてい明日は打てるものでない。

しかし、世話人としては、今まで名人を空《むな》しく待たせたのは、非常な不手際《ふてぎわ》だった。せっかく気乗りしている名人に、大竹七段の都合でまた一日延ばすとは言えなかった。名人の明日からというのは、絶対のものだった。名人と七段との地位のちがいもあって、七段を説き伏せにかかった。七段は怒った。気が立っている時だから、なおいけなかった。七段はこの碁を放棄すると言い渡した。

日本棋院の八幡幹事と日日新聞の五井記者とは二階の小間《こま》にぼそっと黙りこんで、くたびれたように坐《すわ》っていた。もてあまして投げ出し気味だった。二人とも口数が少く、口下手《くちべた》なたちだった。夕飯の後、私もその部屋にいた。宿の女中が私をさがしに来て、

「大竹先生が、浦上先生にお話したいことがあるとおっしゃって、別のお部屋にお待ちになっています。」

「私に……？」

私は思いがけなかった。二人も私を見た。私が女中に案内されて行くと、広い部屋に大竹七段が一人坐っていた。火鉢《ひばち》はあったが、寒々としていた。

「お呼び立てして申訳ありません。先生には長々いろいろお世話になりましたが、私

はどうしてもこの碁をやめさしてもらうことにしました。こんな風では、とうていお相手出来ません。」と、七段はいきなり言い出した。

「はあ……？」

「それで先生には、お目にかかって、ごあいさつしておきたいと思いまして……。」

私は観戦記者に過ぎなくて、特にあいさつされる立場ではないが、改まってあいさつされると、お互いの好意のしるしで、私の立場もちがって来た。そうですかと聞き流してもいられない。

箱根以来の紛糾を私はただ傍観するだけで、私のかかわることではないし、いっさい口出しもしなかった。今も七段は私に相談をするのではなく、報告をするのだった。しかし、二人で向い合って、七段の苦情を聞いているうちに、初めて私は意見を言ってもいいし、調停出来るならという気持が動いた。

私は大体こんなことを言った。つまり、秀哉《しゅうさい》名人引退碁の相手として、大竹七段は自分の独力で戦っているが、しかも大竹個人が戦っているのではない。次の時代の選手として、歴史の流れを継ぐ代表として、名人と戦っているのだ。大竹七段が選ばれるまでには、約一年にわたる「名人引退碁挑戦者決定戦」があった。先《ま》ず六段陣で、久保松、前田が優勝して、鈴木、瀬越、加藤、大竹の七段陣に加わり、六人の総当り戦が行われた。大竹七段は五人に全勝した。二人の旧師、鈴木と久保松も倒した。鈴木七段は打ち盛りの年ごろに、名人に定先で勝ち越し、互先に打ち込みそうなのを、名人が避けてしまって、生涯の心残りとしているともいう。この老師匠に、今一度名人と戦う折りを得させたいのが、弟子《でし》の人情かもしれないのに、大竹七段は鈴木七段を負かしたのだ。また、最後の優勝を争ったのは、四勝同士の久保松、大竹の師弟であった。してみれば、大竹七段は師匠二人の身代りとして、名人に向っている意味もある。鈴木、久保松のような元老よりも、若い大竹七段の方が確かに現役の代表棋士だ。そして大竹七段の無二の旧友で芸敵の呉清源六段は、並び立つ代表者だろうが、五年前に名人と新布石で戦って負けている。呉清源も選手権を取ったにしても、その時は五段だったから、名人に先《せん》はほんとうの手合い割でないし、名人の引退碁というようなことではなかった。その前の名人の勝負碁は、十二三年さかのぼって、雁金《かりがね》七段が相手だった。しかし、日本棋院と棋正社の対抗戦だったし、雁金七段は名人の宿敵ではあっても、昔にもう負かされていた。名人がまた勝ったというだけだった。そうして「不敗の名人」の最後の勝負碁が、この引退碁である。雁金七段や呉六段との碁とは意義がちがう。大竹七段が名人に勝ったところで、直ぐに次の名人が問題になるわけではあるまいが、引退碁は時代の移り目、時代の受け渡しで、後は碁界に新しい活気が出る。引退碁の中絶は歴史の流れを止めるようなものだ。大竹七段の責任は重く、自分一人の感情や事情で放棄するのはどうだろうか。大竹七段が名人の今の年までには、まだ三十五年ある。つまり、七段が生れてこの方生きて来たよりも、なお五年長いのだ。碁の隆盛期の日本棋院のなかに育った七段とは、名人の昔は苦労がちがう。明治の草創から勃興《ぼっこう》、そして近年の隆盛までを、名人はとにかく背負って来た、碁界の第一人者だ。その六十五年の生涯の引退碁を完《まっと》うさせるのが、後継者の道ではないか。箱根では病人の勝手はあっても、老人がよく病苦を忍んで打ち続けた。まだ体がよくないのに、伊東で打ち終ろうとして、白毛を染めたりして来た。命がけであろう。それに若い相手が碁を放棄したとあっては、世の同情が名人に集まり、大竹七段は非難の的になる。七段に正当の理窟《りくつ》はあっても、水かけ論か泥仕合に終り、ことの真相は世間にわかるものではない。歴史的な引退碁だから、大竹七段の放棄も碁の歴史に残る。なによりも七段には次の時代の責任がある。ここで放棄したら、打ち終ったとしての勝敗の揣摩《しま》臆測《おくそく》が、喧騒《けんそう》で醜悪な巷説《こうせつ》となるだろう。病気の老名人の引退碁を、若い後進が妨害していいだろうか。

とぎれとぎれだが、私としてはいろいろしゃべった。しかし、七段は動かなかった。打つとは言わなかった。無論七段には正当の理由があるし、忍従と譲歩とを重ねて、不服が鬱積《うっせき》している。今度も譲歩をすると、こちらの事情も考えないで、明日から打てという。こんなことでは十分に打てないから、打たない方が良心的である。

「それじゃあ、一日のばして、明後日からならよろしいんですか。」と、私は言った。

「ええ、そうですが、もうだめです。」

「明後日で大竹さんはよろしいんですね。」

私は念を押した。しかし、名人に話してみるとは言わないで、大竹七段と別れた。

七段は私に放棄のあいさつをくりかえした。

私は世話人の部屋にもどった。五井記者は肘枕《ひじまくら》で寝そべっていて、

「大竹さんが、打たないと言ったでしょう。」

「そう、それを私に話しておくというんですよ。」

八幡幹事も太った背を円《まる》めて、卓によりかかっていた。

「しかし、一日延ばせばいいそうですから、私から名人に、一日延ばしてもらえないか、頼んでみましょうか。」と、私は言った。

「私から名人に話してもよろしいですか。」

名人の部屋へ行って坐るなり、

「実は先生にお願いがありまして……。」と、私は言い出した。

「私からこんなお願いをする筋でもありませんし、差出がましいことですが、明日の対局を明後日にしていただけませんでしょうか。大竹さんが一日だけのばしていただきたいと言ってられるんです。宿へつれて来ている小さい子が病気になって、熱が高くて、大竹さんは心配していますし、大竹さん自身も腹をこわしているそうで……。」

名人はきょとんとした顔で聞いていたが、

「よろしゅうございます。」と、あっさり言った。

「そういたしましょう。」

私はふと涙がにじみ出た。私は思いがけなかった。

用はあっけなくすんだが、私は直ぐには立ち去りかねて、名人夫人と少し話していた。名人は日延べについても、相手の大竹七段についても、後はひとことも言わなかった。一日延ばすくらいはなんでもないようだけれども、名人は今まで待ちあぐねていて、いよいよ明日という気合いを挫《くじ》かれるのは、勝負中の棋士にはなんでもなくはない。世話人は名人に言い出せなかったほどだ。私が頼みに来たのはよくよくのこと、名人も察したにはちがいないが、名人のなにげない承諾は、私の胸にしみた。

私は世話人たちの部屋にしらせておいて、大竹七段の部屋へ行った。

「名人は一日のばして、明後日でもよろしいそうですよ。」

七段は意外らしかった。

「これで、名人は一つ大竹さんに譲られたわけですから、こんどなにかあった時には、大竹さんも名人に譲ってあげて下さい。」と、私は言った。

病気の子供の寝床で介抱していた夫人が、私にていねいな礼を言った。部屋は散らかっていた。

三十五

約束の明後日、十一月二十五日に、十八日から七日ぶりで打ち継がれた。立ち合いの小野田六段と岩本六段も、棋院の大手合いが手あきで、前夜から来ていた。

名人は緋緞子《ひどんす》の座蒲団《ざぶとん》に紫の脇息《きようそく》で、僧侶《そうりよ》の座のようだった。本因坊家は名人碁所《ごどころ》初代の日海こと算砂《さんしや》以来、僧籍である。

「今の名人も得度《とくど》されて、日温という僧名で、袈裟《けさ》を持っていられます。」と、八幡幹事は言った。対局室には、「生涯一片山水」という、半峰の額がかかっていた。右下りの字を私は見ながら、この高田早苗博士が重態だと新聞に出ていたのを思い出した。もう一つの額は、中洲《ちゆうしゆう》三島毅《みしまたけし》博士の伊東十二勝の記、次の間の八畳には、雲水の放浪の詩の軸がかけてあった。

名人の脇《わき》には、大きい小判型の桐《きり》の火鉢《ひばち》、なお風邪ごこちを用心して、うしろに長火鉢を置いて湯気を立てた。七段がどうぞとすすめるままに、首巻きをして、名人は裏が毛糸、表が被布《ひふ》に似た防寒着にくるまった。微熱があるという。

黒百五の封じ手をひらき、名人は白百六を二分で打ったが、大竹七段はまた長考にはいって、

「妙だねえ。時間切れだね。さすがの豪傑も、四十時間の時間切れには驚いた。開闢《かいびやく》以来だね。いたずらに時間を過すか。一分でも打てるところだがねえ。」などと、うわごとのように言っていた。

曇り日を、ひよどりが鳴きしきっていた。廊下に出てみると、泉水の縁にさつきが二輪狂い咲いていた。つぼみもあった。黄せきれいが廊下に近づいて来た。温泉を上げるモオタアの音が遠くに聞える。

七段は黒百七に一時間三分を費した。黒百一と右下の白模様を侵した手が先手《せんて》十四目《もく》、黒百七と左下の隅に地をひろげた手が後手《ごて》約二十目、この大きい実利は二つとも黒に帰するだろうと、衆目の見るところだったが、やはり黒の手順に恵まれた。

しかし、ここで白に先手がまわった。名人はきびしい面持で瞑目《めいもく》し、静かに呼吸を整え、顔がいつか赤銅色《しやくどういろ》に上気して来た。頰《ほお》の肉がひくひく動いていた。風の出た音、

法華《ほっけ》太鼓《だいこ》の通る音も、聞えないらしかった。それでも名人は四十七分間で打った。名人が伊東でのただ一度の長考だった。ところが、次の黒百九に、大竹七段はまたまた二時間と四十三分を費して、封じ手となった。この日は僅《わず》か四手しか進まなかった。消費時間は、七段が三時間と四十六分なのに、名人はただの四十九分だった。

「ここを先途《せんど》というところが、幾らも出て来るわ。殺人的だわ。」と、昼休みに立つ時、七段はじょうだん半分に言った。

白百八は左上隅の黒を脅《おびや》かして、中《なか》の黒の厚みを消すという、二つの含みに加えて、左辺の白の守りを兼ねた、味のいい手であった。呉清源の解説にも、

「この白百八は非常にむずかしいところである。果してこれをどこに打たれるかは、私たちも少からぬ興味を持って見ていた。」とある。

三十六

なか二日休んで、三日目の対局の朝、名人も七段も二人とも、腹が痛いと言った。大竹七段はそのために、五時から目覚《めざ》めていたそうだ。

黒百九の封じ手を打つと、七段は早速袴《はかま》を脱いで行ったが、座にもどるなり、白百十を見て、「もう打たれた？」と驚いた。

「お留守の間に失礼して……。」と、名人は言った。七段は腕組みしながら風の音を聞いて、

「まだ木枯《こがらし》じゃないのかな。もう木枯と言ってもいいでしょうな。十一月二十八日だから。」

昨夜の西風は朝方からおさまったが、ときどき空を渡った。

白百八と左上隅の黒を睨《にら》まれたので、七段は黒百九、黒百十一と守って、完全に生きた。この隅の黒の形は、白から打ち込んで来られると、死《しに》か劫《こう》か、詰め碁の問題のように、多種多様の変化がむずかしいところだった。

「どうも、この隅に手を入れとかないといけないでしょうな。長い間の借金ですから。借金には、えらい利子がつきますから。」と、黒百九の封じ手を開いた時に、大竹七段は言った。そして、この隅の謎《なぞ》も黒が消して、平穏におさまった。

今日は珍らしく、午前十一時前に五手進んだ。しかし、黒百十五はいよいよ勝敗を賭《か》けて、白の大模様を黒から消してゆく時だから、七段は容易に打つはずがない。

名人は黒の手を待ちながら、熱海の鰻屋《うなぎや》の重箱や沢庄などの話をはじめた。汽車が横浜までしかなく、それから駕籠《かご》で、小田原に一晩泊りして、熱海へ来たという昔話も出た。

「私が十三かそこらで、五十年前……。」

「古い話だね、うちの親父《おやじ》が生れるか生れない時分……。」と、大竹七段は笑った。

七段は考えるうちに、腹が痛いと言って、二三度立った。その留守に名人は、

「なかなか根《こん》がいいな。もう一時間の余《よ》でしょう。」

「間もなく一時間半です。」と、記録の少女が答えている時に、正午のサイレンが鳴った。少女は得意の時間づけで、長いサイレンを計ってみて、

「ちょうど一分間鳴ります。キュウッという時が五十五秒です。」

座に帰った七段は、サロメチイルを額にすりこんで、指を揉《も》み鳴らした。目薬のスマイルも傍に置いている。この様子では、十二時三十分の昼休みまでに打つまいと見ていると、十二時八分に石音高く打った。

脇息に寄っていた名人は、

「うむ。」と、思わずつぶやいた。居住いを正すと、顎《あご》を引き、上瞼《まぶた》を開いて、貫くように盤を見た。名人の瞼の肉は厚くて、睫毛《まつげ》から目球への深い切れは、その凝視を澄み光らせた。

あくまで手堅い黒百十五だが、白は手強《てごわ》く中の地を守らねばならぬ。昼休みの時間が来た。

午後、いったん碁盤の前に坐ってから、大竹七段は部屋へ帰って、咽《のど》に薬をつけて来た。その薬が匂《にお》った。目薬もさした。懐炉《かいろ》を二つ入れていた。

白百十六は二十二分、それから白百二十までは早かった。白百二十でおだやかに弛《ゆる》めて受ける方が形だが、名人は味の悪い三角に厳《きび》しくおさえた。勝負どころの気合いだ。弛めると一目以上の損だから、こういう細かい碁では譲れない。しかも、微妙な勝敗の分れかもしれない一手に、名人はただの一分とは、敵の心胆を寒くする。おまけに、白百二十を打つより早く、名人は目算を始めたではないか。頭が小刻みにふるえるかのように、盤の目を素早く読み数えてゆく、その目算は、不気味に迫って来るようだ。

一目内外の勝負という取り沙《ざ》汰《た》もあった。ここで白に二目ほど頑張《がんば》られては、黒も強く出なければならぬ。大竹七段は身《み》悶《もだ》えして、あの円い童顔に、初めて青筋が立って来た。扇の音が荒くいら立った。

寒がりの名人まで扇をひらいて、神経的に煽《あお》いだ。私は二人を見ていられない。やがて名人はほっと気を抜いて楽な姿になった。手番の七段は、

「考えてるときりがない。熱くなって来た。失礼します。」と、羽織を脱ぎ棄《す》てた。

それに釣られて、名人も両手で襟《えり》をうしろへ持ち上げて、首を突き出した。おかしい

しぐさだった。

「熱い、熱い。また長くなった。困ったねえ。——悪い手を打ちそうだな。問題を投じそうだな。」と、大竹七段ははやる心をおさえるようだった。一時間四十四分の長考で、午後三時四十三分に、黒百二十一の手を封じた。

伊東で再開以来三日の対局に、黒百一から黒百二十一まで二十一手、その消費時間が、黒十一時間四十八分に対し白はただの一時間三十七分だった。常の碁ならば、大竹七段は僅《わず》か十一手だけで時間切れだ。

この白黒の時間の余りの懸隔は、名人と七段との心理的ななにか、生理的ななにかとしか思えなかった。ほんとうは名人も時間をかけて錬《ね》る棋風なのであった。

三十七

夜ごとに西風が出た。しかし、十二月一日の対局の朝は、どこかに陽炎《かげろう》が立っていそうにうららかだった。

名人は昨日の昼間、将棋を指《さ》してから、町に出て球《たま》を突いたりした。夜は十一時まで、岩本六段、村島五段、八幡幹事などと麻雀《マージャン》だった。今朝は八時前に起きて、庭を歩いた。庭に赤とんぼが落ちていた。

大竹七段の部屋は二階だが、その下のもみじは、まだ半ばが青葉だった。七段は七時半に起きた。相当の腹痛で倒れるかもしれないなどと言った。机の上には、薬が十種類も置いてある。

老名人はどうやら風邪《かぜ》も治ったらしいのに、若い七段の体はいろいろと故障が出たらしい。名人よりも七段の方がよほど神経質なのは、二人の体つきの見かけによらない。名人は対局場を離れると、局面を忘れようとつとめて、ほかの勝負ごとに耽《ふけ》る。自分の部屋では碁石に手を触れない。七段は休みの日にも盤に向って、打ち掛けの碁の研究を怠らないらしい。年齢ばかりではなく、気風もちがうのだろう。

「コンドル機が着きましたね、昨夜十時半に……。早いものですね。」と、名人は一日の朝、世話人たちの部屋へ話しに来た。

東南向きの対局室の障子には、明るい朝日があたっていた。

ところが、打ち継ぎの前に、奇怪なことが起った。

八幡幹事が封印を対局者に見せてから、封筒の封を切ると、棋譜を持って碁盤の上に乗り出しながら、黒百二十一の封じ手を、棋譜の上にさがしたが、見つからない。封じ手は手番の棋士が、相手にも世話人にも見えぬように、自分で棋譜に書きこんで、封筒に入れる。この前の打ち掛けの時、大竹七段は廊下に出て書いていた。その封筒に対局者が封印をし、もう一つ大きい封筒に入れて、八幡幹事が封印をする。それを次の打ち継ぎの朝まで、宿屋の金庫に預けておく。だから、名人も八幡も大竹七段の封じ手は知らないわけだ。しかし、はたの者たちもあれこれと推測するから、おおよその見当はつく。まして、黒百二十一の封じ手は、果してどこに打たれるか、この碁のクライマックスとして、観戦の私たちも固唾《かたず》を呑《の》んでいた一手だ。

見つからぬはずはないのに、八幡は棋譜をせかせか覗《のぞ》きこみながら、ちょっと捜しあたらない。ようやく見つかって、

「ああ。」と、黒石が置かれても、盤を少し離れた私には、どこに打たれたのやら分らない。その場所が分っても、なんの意味で打たれたのやら分らない。戦いたけなわな中原とは、無縁に飛び離れて遠い上辺に打たれたのだ。

まるで劫立《こうだ》てのような手だと、素人目《しろうとめ》にも感じると、私はさっと胸が曇って波立った。大竹七段は封じ手のための封じ手を打ったのか。封じ手を戦術に使ったのか。卑《ひ》怯《きよう》で陋劣《ろうれつ》だと、私は疑った。

「中《なか》へ打つと思ったから……。」と、八幡幹事は苦笑いして、碁盤から身を退《ひ》いた。

右下から中央にそびえる白の大模様を、黒が削減に向っている、攻防戦のさなかだから、よそへ手がゆくはずがない。八幡幹事が中央から右下の戦場ばかり捜していた

のは当然だった。

名人は黒百二十一に対して、白百二十二で上辺の白に目を持った。手抜きをすれば、八目の白の一団は死んでしまう。劫立てに応じないようなものだ。

七段は碁笥《ごけ》に手を入れて、碁石をつかんだが、またしばらく考えた。名人は膝《ひざ》に拳《こぶし》を握りしめ、首をかしげて、息をこらしていた。

黒百二十三は三分、果して白地の削減に手をもどして、先《ま》ず右下を侵した。そして、黒百二十七で、再び中央に向った。黒百二十九で、遂《つい》に白地のなかへ切りを入れた。先きに名人が白百二十と三角に突っ張った、その頭を切ったのだ。

「白に強く百二十と抑《おさ》えられたものだから、黒も強く百二十三以下百二十九までのような手段に出る決意を固めたのだろう。このような黒の打ち方も、細かい碁にはよく見受ける。勝負の気合いである。」と、呉六段は解説している。

ところが、名人は黒の必死の切りをうっちゃって、そこを手抜きして、右辺に逆襲して、黒の出足をおさえた。私はあっと驚いた。まったく意外な手だ。なにか名人の鬼気に打たれたように、身がしまる感じだった。大竹七段一流の狙《ねら》いの百二十九にも、名人は隙《すき》があると見て、身をひるがえすなり、逆寄《ぎゃくよ》せに出たのか。あるいは、自ら傷ついて敵を倒す、相打ちの激しさをもとめたのか。この白百三十は、勝負の気合いというよりも、なにか名人の憤怒《ふんぬ》の一手かと思われるほどだった。

「えらいことになって来た、えらいことですな、これは……。」と、大竹七段はくりかえして言い、次の黒百三十一を考えるうちに、昼飯で立ち際《ぎわ》にも、

「えらいことをやられました。恐ろしい手を打たれました。どうも驚天動地らしいね。駄目をつめたもんだから、逆腕《さかうで》取られて……。」

立ち合いの岩本六段も歎《なげ》くように言った。

「戦争とはこんなものなんでしょうね。」

実戦では、計り知れないことが突発して、運命を決するという意味だった。白百三十がそれだった。対局者の腹案も研究も、素人はもとより、専門棋士のあらゆる予想も、この一手で、たちまちけし飛んだ。

白百三十の一手が「不敗の名人」の敗着であったとは、素人の私にはまだ分らなかった。

三十八

しかし、ただならぬ局面なので、昼休みに立った時、私はなんとなく名人について行ったのか、名人がなんとなく私たちを誘う風だったのか、名人は部屋に帰ると、坐《すわ》

るか坐らないうちに、

「この碁もおしまいです。大竹さんの封じ手で、だめにしちゃった。せっかく描いている絵に、墨を塗ったようなものです。」と、小声だが、激しく言った。

「あの手を見た時に、私はよほど投げてしまおうかと考えた。これまでという意味でね……。投げた方がいいかと思った。しかし決心がつきかねて、考え直しました。」

八幡幹事がい合わせたか、五井記者がい合わせたか、あるいは二人ともいたか、私はよく覚えないが、とにかく私たちはしいんと黙っていた。

「あんな手を打っておいて、二日の休みのあいだに、調べようというのですよ。狡《ずる》い。」と、名人は吐き出した。

私たちは答えなかった。名人に合槌《あいづち》打つわけにも、七段を弁護するわけにもゆかない。しかし、私たちは名人に同感だった。

ただ、名人があの時、投げてしまおうかとまで、激しく憤怒し、また落胆したとは、私は気がつかなかった。碁盤に向った名人は顔色や素振りに出さなかった。名人のそれほどの心の動揺に、誰も気がつかなかった。

もっとも、八幡幹事が黒百二十一の封じ手を棋譜に捜し迷って、やっと見つけて打った、その方に私たちも気を取られていたから、そのあいだの名人を見ていない。しかし、名人は次の白百二十二を、ノオ・タイム、つまり一分以内に打った。名人の動揺が私たちに分らないわけだ。これも八幡が封じ手を見つけてからの一分ではなく、時間づけまでには少し間があった。それにしても、名人は短いあいだに心をおさえて、対局の態度は崩《くず》さなかった。

なにげなく打ち継いだ名人から、私は思いがけなく憤怒の言葉を聞いたので、なお胸にこたえた。六月から十二月の今日まで、この引退碁を打ち続けて来た名人が、私に感じられるようだった。

名人はこの碁を芸術作品として作って来た。その感興が高潮して緊迫している時に、これを絵とするなら、いきなり墨を塗られた。碁も黒白お互いの打ち重ねに、創造の意図や構成もあり、音楽のように心の流れや調べもある。いきなり変梃《へんてこ》な音が飛びこんだり、二重奏の相手がいきなりとっぴな節で掻《か》きまわしては、ぶちこわしである。碁は相手の見損じや見落しによっても、名局を作りぞこなうことがある。大竹七段の黒百二十一は、とにかく皆が意外で、驚き、怪しみ、疑ったのだから、この碁の流れや調子を、ぷつんと切ったことは争えない。

果してこの封じ手は、碁打ち仲間でも世間でも、物議の種になった。私たち素人《しろうと》には、この碁のここで黒百二十一は、とにかく異様で不自然に感じられて、気持のよくないのは確かだ。しかし専門棋士のなかには、ここで黒百二十一を利《き》かせておく時だと見る人も、後に出て来た。

大竹七段は「対局者の感想」で、

「黒百二十一の手は、いつか打とうと考えていた。」と言った。

呉六段の解説では、この白から「よ一」、「か一」と、はね粘《つ》ぎを打たれた後では、

「黒が百二十一と打っても、白は百二十二に受けないで『を二』と生きる。すると黒から劫立てが利きにくくなる。」と、黒百二十一の意味にあっさり触れただけだった。

大竹七段もその意味で打ったにはちがいなかった。

ただ、中原の戦いのさなかであり、封じ手であったので、名人を怒らせ、人々に疑われた。つまり、打ち掛けの手、その日の最後の手がむずかしい場合、間に合わせに黒百二十一のような手を打っておけば、三日後の打ち継ぎまでに、今日の最後に打つはずの手を十分調べられるわけだ。日本棋院の大手合いなどでも、残り一分に迫り秒を読まれると、劫立てのような手を苦しまぎれに打っておいて、それで寿命を一分のばす棋士がないでもない。打ち掛けや封じ手も、有利にと工夫をこらす人がある。新しい規則は新しい戦法を生む。伊東で打ち継がれてから、四回続けて黒の封じ手となったのも、偶然ばかりではないかもしれない。名人自身が「白百二十を弛《ゆる》めるのでは、

もはや満足しない。」と言ったほど、気合いを張りつめた、その次の手が黒百二十一なのだった。

とにかく大竹七段の黒百二十一が、その朝の名人を憤怒させ、落胆させ、動揺させたのは、事実であった。

名人は打ち終った時の講評では、黒百二十一に触れていない。

ところが、一年後に、「名人囲碁全集」の「打碁選集」の講評では、「黒百二十一は、今が利かせる機会であった。」と、はっきり言っている。「猶予《ゆうよ》して、（白からはね粘ぎを打たれた後では）、黒百二十一が利かぬおそれもあることに注意する。」

対局の相手の名人がそう認めるからには、問題はないであろう。名人が腹を立てたのは、その時思いがけなかったからだ。大竹七段の心事を疑ったのは、腹立ちまぎれのまちがいだった。

名人は不明を恥じて、ここで特に黒百二十一の手に言い及んだのかもしれない。しかし、「打碁選集」の出版は、引退碁の一年後、そして死の半年ほど前であるから、黒百二十一で大竹七段が物議の種になったことを思い出して、今はおだやかにその手を認めたのではなかろうか。

大竹七段の言う「いつか」が名人の言う「今」であったか、素人の私にはなお少し謎《なぞ》である。

三十九

どうして名人が白百三十の敗着を打ったかも、謎のようである。

名人はこの手を二十七分考えて、午前十一時三十四分に打った。半時間近く考えてまちがえるのもはずみだが、名人はなぜもう一時間待って、昼休みに持ち越さなかったかと、私には後で悔まれる。盤を離れて一時間休めば、正着を打っただろう。通り魔につかれなかっただろう。白の持ち時間はまだ二十三時間も残っている。一時間や二時間は問題でない。しかし名人は昼休みを戦法に使えなかった。黒百三十一の手が昼休みにかかった。

白百三十は逆寄せのような手で、大竹七段も「逆腕取られて。」と言い、呉六段も「ここは微妙なところである。つまり、黒から百二十九と切られたとたんに、百三十と利かしておいたような意味が、白にはある。」と解説したが、黒の必死の切りに、白が手を抜けるものでなかったのだ。強い気合いが突っ張り合っているところで、一方が力を抜けば、その一方にどっと崩れる。

伊東で再開以来、大竹七段はねりにねり、ねばりにねばって、慎重に確実だった。

そして、黒の張りつめた力の爆発が、百二十九の切りだった。白百三十の手抜きに、私たちがあっと驚いたほど、七段は胆《きも》を冷さなかっただろう。白が右辺の黒四目を取るならば、黒は中央の白地を踏みやぶるまでである。七段は白百三十を受けないで、黒百二十九を百三十一とのびた。果して名人は白百三十二で、中央の凌《しの》ぎに手をもどした。白百三十で黒百二十九を受けておけばよかったのだろう。

名人は講評で、

「白百三十はこれを敗着とする。この手ではとりあえず『ほ九』に切って、黒の挨拶《あいさつ》を問う手順であった。黒がたとえば『ほ八』に応じるなら、そこで百三十が正しかった。すなわち、次に黒百三十一とのびても、白は黒『に十二』のはねこみを意とするに及ばないから、悠々《ゆうゆう》と『ち十一』に備えることが出来た。その他いずれの変化を見るとしても、譜よりは局勢が複雑化して、すこぶる微細の争いとなったであろう。黒百三十三以下のきびしい侵略を受けたのは、まさに白の致命傷である。その後収束に努めたが、狂瀾《きょうらん》を既倒にかえす術《すべ》もない。」と嘆いている。

白の運命の一手は、名人の心理か生理の破綻《はたん》かもしれなかった。強い手とも渋い手とも見える白百三十は守り続けの名人が攻めに出ようとしたのかと、その時、素人の私には思えたが、また名人が堪忍袋《かんにんぶくろ》の緒を切ったか、かんしゃく玉を破裂させたかのような感じも受けた。ところがこの手も、白から黒に切りを一本入れておけば、それでよかったのだという。この白百三十敗着は、大竹七段の封じ手に今朝から名人が憤怒した余波では、おそらくあるまいが、しかしわからない。名人自身にだって、自分の心のうちの運命の波や通り魔の風はわからない。

名人が白百三十を打った後、どこからか上手な尺八の音が流れて来て、盤面の嵐《あらし》をわずかにやわらげた。名人は耳を傾けて、

「高い山から谷底見れば、瓜《うり》やなすびの花盛り……というのを、尺八の習い初めに、一番先きにやる。尺八より穴の一つ少いのがあって、一節切《ひとよぎり》と言います。」などと、なにか思い出し顔であった。

黒百三十一の手に、大竹七段はあいだに昼休みを挟《はさ》んで、一時間十五分念を入れ、午後二時、いったん石をつかんだが、

「はてな。」と、また考えて、一分後に打った。

その黒百三十一を見ると、名人は胸を真直《まっす》ぐのまま、首を突き出して、桐《きり》の火鉢《ひばち》の縁をいらいら叩《たた》いた。鋭く盤中を見まわしながら目算した。

黒百二十九と切った、白の三角のもう片一方を、黒百三十三で切って、三目の当《あた》り、それから黒百三十九まで、当り当りと、ぐんぐん一筋に押して、大竹七段のいう「驚

天動地」の大きい変化が起きた。黒は白模様の真直中《まつただなか》に突入した。私はがらがらと白の陣の崩壊する音が聞えるように感じた。

白百四十で、真直ぐに逃げのびるか、横の黒二目を取るか、名人はしきりに扇を鳴らしながら、

「分らん。同じようなものだ。分らん。」と、無意識につぶやいた。

「わあからん。わあからん。」

しかし、これも意外に早く二十八分で打った。やがて三時のおやつが出ると、名人は七段に、

「むしずしいかがです。」

「私は少しおなかが悪いんで……。」

「すしで治《なお》したらどうです。」と、名人は言った。

大竹七段は名人の白百四十を、

「ここで封じ手かと思ったら、打たれるんで……。ぴしゃぴしゃ打たれるんで、つらいね。打たれるほどつらいことはない。」と言ったりした。

白百四十四まで、名人は打ってしまって、黒百四十五が封じ手となった。大竹七段は石をつかんで打ちかかったが、また考えこんで、打ち掛けの時間になった。七段が

廊下に出て封をするあいだも、名人はきびしく盤面を見まわして動かなかった。その下瞼《したまぶた》は熱っぽく、少しはれていた。伊東の対局では、名人はしきりに時計を見た。

四十

「今日は打ち切れたら打ち切ってしまおうと思う。」と、十二月四日の朝、名人は世話人に言った。午前の対局中に、大竹七段にも、

「今日は打ち切ってしまいましょう。」と言った。七段は静かにうなずいた。

大方半年にわたるこの碁も、遂《つい》に今日終るのかと思うと、忠実な観戦記者の私も胸が迫った。しかも、名人の敗《ま》けはもう誰にもわかっていた。

まだ朝のうちであったが、七段が碁盤の前を立って行った時に、名人は私たちの方を見て、

「みんなすんじゃった。打つところありやしない。」と、軽く微笑した。

いつ床屋を呼んだのか、今朝《けさ》の名人は、坊主《ぼうず》のように頭を刈ってしまっている。病院にいた時のままの長い髪を分けて、白毛を染めて伊東に来たのが、急に極《ご》短い角刈りになっている。名人にも芝居気があるのかと思えるが、なにかさっぱりと洗い落したようで、つやつやと若返って見えた。

四日は庭の梅も一二輪咲いて、日曜日である。土曜から少し客が立てこんだので、今日は対局室を新館に移した。名人の隣室、いつも私の泊る部屋である。名人の部屋は新館の奥のはずれだが、その真上の二階二間も、前夜からこの碁の世話人たちが占めていた。つまり、ほかの客を入れないで、名人の眠りを守っているわけだ。大竹七段は新館の二階だったのを、昨日か一昨日から下に移った。体が悪くて、階段の上り下りがおっくうだという。

新館は真南向きで、庭がひらけているから、盤の近くまで日が差しこんで来た。黒百四十五の封じ手が開かれるのを待つ間も、名人は首をかしげて碁盤を見つめ、眉根《まゆね》を寄せて、きびしく身構えしていた。大竹七段も勝ちが見やすくなっているからか、石の運びが早かった。

いよいよ寄《よ》せにはいってからの棋士の緊張振りは、布石や中盤の時とはまた別である。ぴりぴりした神経がきらめいて、乗り出した姿勢にも凄《すご》みが加わる。鋭い小太刀《こだち》の渡り合いのように、呼吸がせわしく高まって来る。智慧《ちえ》の火の瞬《また》きを見る思いだ。

常の碁なら大竹七段は残り一分で百手も打つ、追い込みを見せるところだが、この碁では七段もまだ六七時間ゆとりがあるのに、寄せとなると、競《きお》い立つ神経の早瀬に乗って、その調子はとまらぬらしい。自分で自分をせき立てるように、つい碁笥《ごけ》に手を入れて、はっと考えこむことが度々《たびたび》だ。名人でさえいったん石をつかんでから、しばらくためらうことがある。

こういう寄せを見ていると、敏《はしこ》い機械、鋭い数理が、素早く動くようで、しかも秩序整然とした美感がこころよい。戦いと言っても、きれいな形に現われる。もう脇目《わきめ》も振らない棋士が美しさを増して来る。

黒百七十七から百八十あたりの時、大竹七段はなにか自らのあふれる思いに恍惚《こうこつ》としたらしく、円く豊かな顔が、円満具足な仏顔に見えた。芸の法悦にはいったのか、言いようなくみごとな顔であった。腹工合の悪いのなど、思い出しもしないらしい。

その少し前、大竹夫人は心配で部屋にいられないのか、庭を歩きながら、例の立派な桃太郎赤ちゃんを抱いて、遠くから対局室の方を見つづけていた。

海の方から長いサイレンが、ちょうど鳴り終った時に、白百八十六を打った名人は、ふと顔を上げると、

「あいてますよ。席があいてますよ。」と、こちらを向いて、愛敬《あいきよう》よく呼んだ。

今日は小野田六段が秋の大手合いを終えて、立ち合いに来ている。そのほか、八幡幹事、五井、砂田の両記者、東京日日の伊東通信員など、この碁の世話役が集まって来て、刻々に迫る終盤を観戦している。次の間寄りに狭苦しくかたまって、襖《ふすま》の陰に

立っている人もある。それを名人は、こちらへはいって御覧なさいと言うのだった。

大竹七段の仏顔もつかのまで、また闘志をみなぎらして力んでいた。名人の小さい体は、実にぴたりと据わって、あたりを静かにするように大きく見え、しきりに目算していた。七段が黒百九十一を打つと、名人は首を落して、眼をかっと開くと、膝《ひざ》を乗り出した。二人の扇が激しく鳴り交《か》わした。黒百九十五で昼休みになった。

午後はいつもの対局室、旧館六号室に移った。ひる過ぎから曇って、烏《からす》がしきりに鳴いた。盤の上に燈をつけた。百燭《しよく》では明る過ぎて、六十燭である。ほのかに石の色のある影が、盤にうつった。最後の日を飾る、宿の心づくしか、床の軸も掛け替えて、川端玉章の山水双幅、置物は象に乗った仏像、その横には、人参《にんじん》、胡瓜《きゆうり》、トマト、椎《しい》茸《たけ》、三つ葉などが盛り合わせてあった。

この碁のような大勝負では、終局近くなると、むごたらしくて見ていられないと、私は聞いていたが、名人は動じる色がなかった。態度だけでは、名人が負けとはわからない。二百手あたりから、名人も頰《ほお》が赤らみ、首巻きも初めてはずし、迫った気分だったが、姿勢は凜《りん》と崩《くず》れなかった。黒二百三十七の手止りの時は、もう名人は静かだった。そして無言のまま駄目を一つつめた瞬間に、小野田六段が、

「五目でございますか。」

「ええ、五目……。」と、名人はつぶやいて、はれぼったい瞼を上げると、もう作ってみようとはしなかった。終局は午後二時四十二分だった。

明くる日、対局者の感想を述べ終えた後で、名人は微笑しながら、

「作らずに五目としたけれども……。目算では、六十八の七十三になっていた。実際に作ってみると、もっと少いでしょう。」と、自分で作ってみた。それは黒五十六目、白五十一目となった。

五目の差が生じようとは、白百三十の敗着によって、黒が白模様を破るまで、誰も予想しなかった。白百三十の後に、百六十手あたりで、「は十八」の先手の切りを怠ったのも不覚で、「敗差を幾分縮める」折りを失った、と名人は言っている。してみると、白百三十の敗着があっても、五目以下三目くらいの差だったはずだから、白百三十の敗着がなくて、「驚天動地」の大きい変化が起らなかったら、この碁の勝敗はどうなっていたのだろうか。黒の負けか。素人には分らないが、私は黒が負けとも思わない。大竹七段のこの碁に臨む覚悟と態度とを見ていて、石を嚙《かじ》っても黒は勝つだろうと、私はほとんど信じていた。

しかしむしろ、六十五の老名人が病いに苦しみながら、現役の第一人者の必死に食いさがるのを、先手の効を大方失わせるところまで、よくも打ったと言わねばならな

い。黒の悪手に乗じてではなく、白が策をほどこしたのではなく、おのずから微妙な勝負にみちびいていた。でも、病気の不安で根気が及ばなかったのだろう。

「不敗の名人」は引退碁に敗れた。

「名人は常に第二位の者、つまり自分の次に続く者だけは、全力を挙げて打つという主義だったそうです。」と、弟子《でし》の一人は話した。名人がこのような言葉を、口に出したかどうかはともかく、名人は生涯これを実行して来たのだった。

終局の次の日に、私は伊東から鎌倉の家に帰ると、六十六日にわたる観戦記の書き終わる日を待ちかねて、この碁から逃《のが》れるように、伊勢、京都の旅に出た。

名人はそのまま伊東に残っていて、目方も五百目ふえ、八貫五百になったと聞いた。また盤石二十面を持って、傷病兵の療養所を見舞ったということだった。昭和十三年の暮は、もう傷病兵の療養所として、温泉旅館が使われはじめていた。

四十一

引退碁の翌々年と言っても、正月のことだから、一年とちょっと後だが、名人の義弟の高橋四段が鎌倉の自宅で碁の教授をしている、そこの稽古《けいこ》始《はじ》めに、名人は門弟の前田六段と村島五段の二人をつれて出席した。正月の七日だった。私はしばらくぶりで名人に会った。

名人は稽古を二局つとめたが、つらそうに見えた。石をしっかり指につまめなくて、軽く落すような石に、音がないようだった。二局目には肩で息をする時があるし、瞼《まぶた》が少し浮いて来た。目につくほどではなかったが、私は箱根の名人を思い出した。名人の病気はよくなっていない。

今日は素人《しろうと》相手の稽古だから、なにも問題ではないが、名人は直《す》ぐ無我の境にはいった。海浜ホテルへ夕飯に行く時間が来て、二局目は黒百三十の手で切り上げた。強い素人初段を相手に四目の碁だった。黒は中盤から力の出る棋風で、白の大模様を破り、白の薄い碁になっていた。

「黒がいいようじゃありませんか。」と、私は高橋四段に聞いてみると、

「ええ、黒勝ちですね。黒が厚くて、白は苦しいですね。」と、四段は言った。

「どうも、名人もぼけましたな。前とちがって脆《もろ》くなっちゃってますね。もうほんとうに打てませんね。やっぱり、あの引退碁から、めっきり衰えましたな。」

「急にお年を取られたようですね。」

「ええ。このごろはすっかり好々爺《こうこうや》になっちゃって……。引退碁に勝ってれば、そうでもなかったんでしょうがね。」

海浜ホテルで別れ際《ぎわ》に、

「いずれ熱海でお会いします。」と、私は名人と約束した。

名人夫妻は一月の十五日に、熱海のうろこ屋旅館に着いた。私はその前から聚楽《じゅらく》に滞在していた。十六日の午後、私は妻と二人でうろこ屋へたずねた。名人は早速将棋盤を持ち出して、二局指《さ》した。私は将棋は弱いし、気乗りしないから、二枚落ちかでたわいなく負けた。名人は夕飯を食べて話してゆけと、しきりに引き止めてくれたが、

「今日はあんまりお寒いから、おいとまします。こんど暖い日に、重箱か竹葉《ちくよう》へお伴しましょう。」と私は言った。雪がちらつくような日だった。名人は鰻《うなぎ》が好きなのだった。私が帰った後で、名人は熱い湯にはいった。夫人がうしろから名人の両脇《りょうわき》に手を入れて支《ささ》えながらだったそうである。やがて寝床について、名人は胸が痛み、息苦しくなった。そして、翌々日の夜明け前に死んだ。高橋四段が電話で私にしらせてくれた。私が雨戸をあけると、まだ日は出ていなかった。一昨日たずねたのが、名人の体に障《さわ》ったのではないだろうかと、私は思うのだった。

「一昨日、いっしょに夕飯を食べていらっしゃいって、名人がずいぶんお引きとめ下さったのに……。」と、妻は言った。

「そうだったね。」

「奥さんもあんなにおっしゃって下さってるのに、振り切ってお帰りになるの、悪いような気がしましたわ。女中さんに言いつけて、お通しになってたんですよ。」

「それは分ってたんだが、寒いから名人の体にどうかと思って……。」

「そうお取りになったかしら……。ほんとうに帰したくなさそうでしたわ。素直にいただいておけばよかったかしら……。せっかくそのおつもりだったのに、いやな気がなさらなかったかしら……。」


「さびしそうだったわ。なにかおさびしかったんじゃないでしょうか。」

「お寒いのに、玄関まで送って出てらして……。まあしかし、いつもそうだ。」

「止《よ》せよ、もう……。いやだ、いやだ。もう人に死なれるのはいやだ。」

名人の遺骸《いがい》はその日東京に帰ったが、宿の玄関から自動車まで運ぶ時、細々と蒲団《ふとん》にくるまって小さく、まるで体がないようだった。私たちは少し離れたところに立って、車の出発を待っていたが、

「花がない。おい、花屋はどこだった。花を買って来いよ、車が出るから、いそいで……。」と、私は妻に言いつけた。妻は走ってもどった。花束を私は名人のいる車のなかの夫人に渡した。

本因坊秀哉《しゆうさい》名人引退碁

百手まで

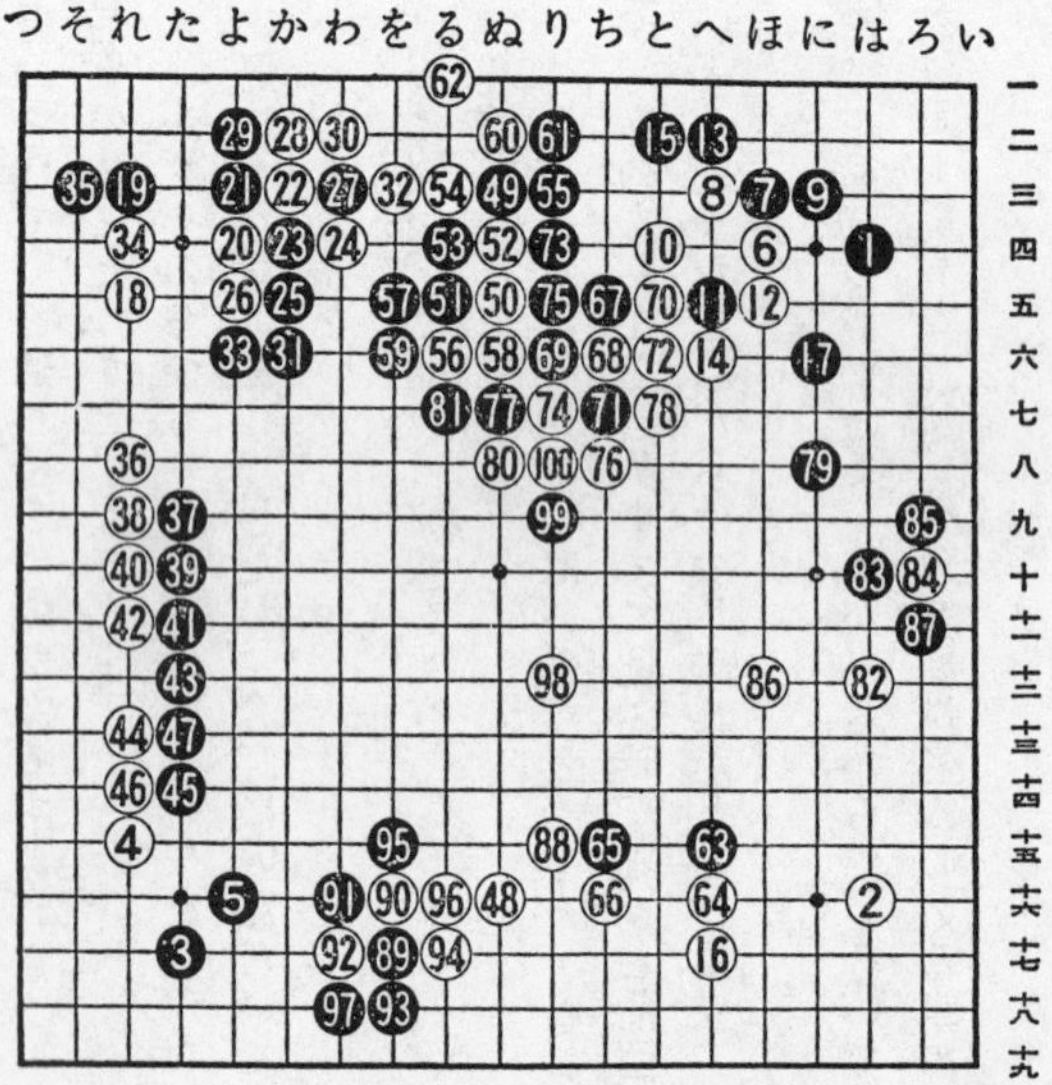

百一手より
二百三十七手終り

○110（れ七ツグ）
●123（か十ツグ）

黒五目勝
制限時間各四十時間
消費時間合計
（白）十九時間五十七分
（黒）三十四時間十九分

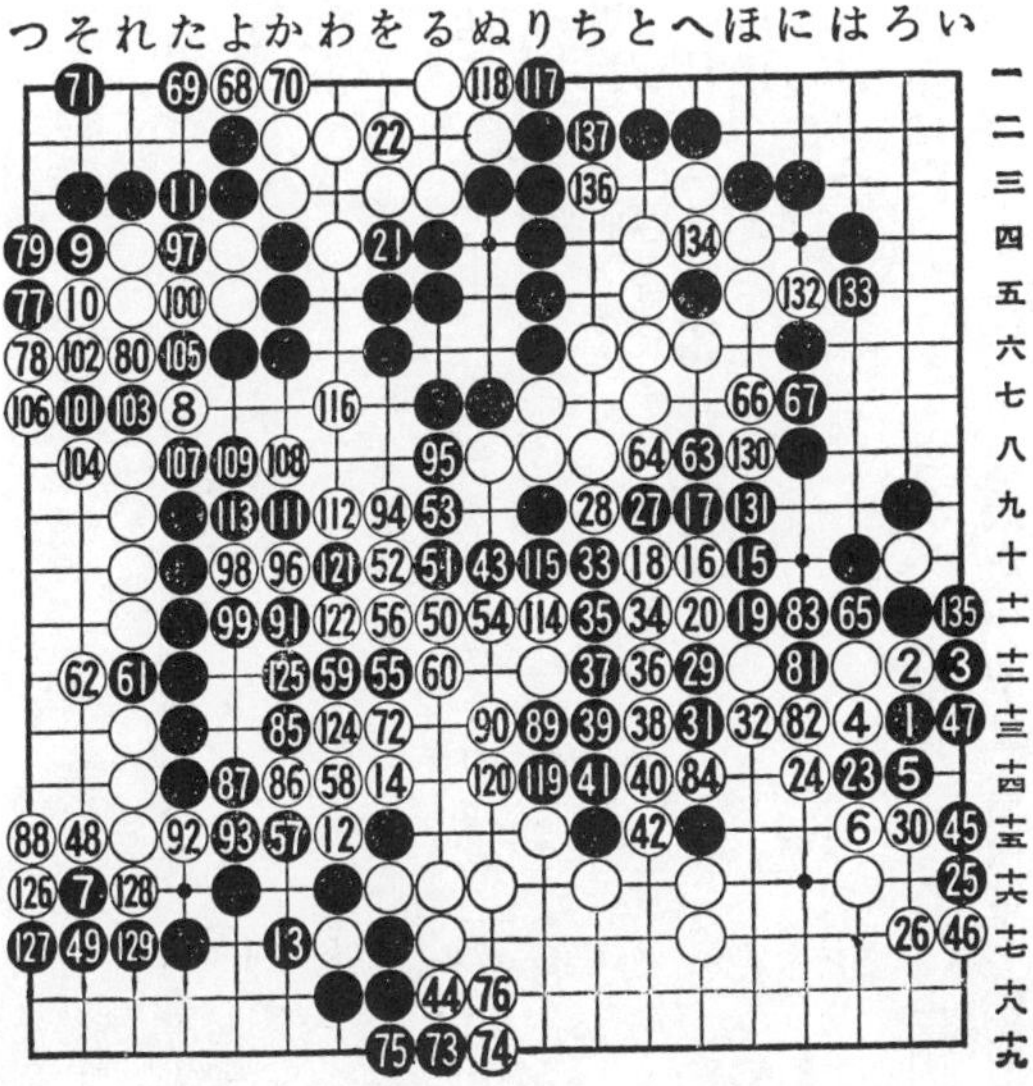

解説

山本健吉

一

『川端康成全集』第十巻（昭和四十四年七月二十五日・新潮社）によれば、この作品は昭和二十六年から二十九年にわたって、次のように分載発表されたことになる。

「名　人」　昭和二十六年八月　『新　潮』
「名人生涯」　昭和二十七年一月　『世　界』
「名人供養《くよう》」　同　五月　『同　』
「名人余香」　昭和二十九年五月　『同　』

このような発表方式は、何もこの作品に限ったことでなく、『雪国』『千羽鶴《せんばづる》』『山の音』などの名作も同様である。だが年譜によれば、川端氏が『名人』を執筆し始めたのはもっと古く、

「名　人」　昭和十七年　八月　『八雲』第一号
「夕　日」　昭和十八年　八月　『日本評論』
「同　」　同　　十二月　『同　』
「同　」　昭和十九年　三月　『同　』
「花　」　昭和二十二年四月　『世界文化』

と、戦中から書き始められている。このときはまだ想熟せずして中絶し、二十六年に到《いた》って稿を改めて書き出し、完成したものであろう。

本因坊秀哉《しゅうさい》名人の引退碁を観戦し、東京日日（現在の毎日）新聞に観戦記を連載したのは、昭和十三年六月から十二月にかけてであった。小説『名人』に書かれたような事情で、名人と木谷実七段（小説では大竹七段となっている）の対戦は、半歳《とし》の長期に及んだ。このとき氏が受けた感動を、何時《いつ》か小説に書きたいという気持は、早くから動いていたと思われる。その気持に、踏切《ふんぎ》りをつけたのは、昭和十五年一月十八日朝、熱海のうろこ屋旅館での名人の死であった。そのとき氏もたまたま熱海にあって、死の二日前に会うことができた。名人の最後の将棋の相手をし、名人の死顔の写真も撮《と》った。

このとき氏には、名人の死を悼《いた》み、一編の悼辞《とうじ》を書く気持も動いたに違いない。なにしろ氏は、処女作とも言うべき『十六歳の日記』以来、『骨拾い』『葬式の名人』『死者の書』などと、人の死にかかわる作品が多いのである。幼少のころから肉親の数々の死に会い、最後に祖父が死んで「唯《ただ》一人」になったとき、氏に文学的表現への道が展《ひら》けてくる。死者の世界に対して、生きた感情を持つようになった。死んだ人間だけがはっきりした形をなしていると、小林秀雄氏が言ったことがあるが、これに似た感想は、おそらく川端氏も抱《いだ》いていたはずで、死者は氏にあっては肖像として描かれることによって、はじめて揺《ゆる》ぎのない形を獲得するのだ。

名人が死んでから、二十年近く経過して、氏は始めて作品『名人』を完成することができた。しかも、『名人供養《くよう》』を書いてから、最後の『名人余香』を書くまでに、まる二年が経過している。名人の肖像画に、最後の点睛《てんせい》をほどこすまでに、何という長い時間が経《た》ったことだろう。そして、この最後の点睛をほどこすまでは、それは作者に心の安らぎを与えない。死者がほんとうに形をなすまでは、氏は死者に捉《とら》えられ、悩まされ、憑《つ》かれているのだ。だから、『名人』を書くことは、名人の影から脱《のが》れ出るたった一つの手段だった。

「死んだ肉親なぞにはこだわらなくなればよいのだ。」『油』

「生きた相手だと、思うようにはっきりも出来ないから、せめて死んだ人にははっきりしとくのよ。」『雪国』
これはどちらも、強い言葉である。非情冷淡なのではない。名人が死んで、氏も始めて名人に対して、何のこだわりもなく、「はっきり」した態度を取ることができるようになる。「はっきり」した態度を取るとは、義理人情の俗世間の約束を脱して、死者とまともに一対一の関係で対座することだ。そのとき氏は、もはや「ぼんやり」したもろもろの妄念《もうねん》に悩まされることがない。だが、「はっきり」させることは、作者にとっては、相手が死んで「はっきり」見えてくるその形を、作品の上に定着させることだ。古代の人が、死者に対して殯庭《ひんてい》で誄詞《しのびごと》を読み、挽歌《ばんか》をうたったのは、死者の魂をして死の世界に安住させるためである。それが鎮魂《たましずめ》なのだが、川端氏にとっても、『名人』を書くことは、氏の胸のうちに何時《いつ》までも安らごうとしない名人の魂を鎮《しず》めるための鎮魂歌を書くことではなかったか。死者をして死の世界に落着かしめようとしたところに、氏の創作意図、というより作品発想の動機を、探ってもよいのではないか。
この『名人』は、非常に強く張り切った文体で書かれているのである。

伊東での歴史的な名人引退碁が終った日のことを、氏は次のように書いている。

二

バスが伊東の町を出てから、海岸の道で、柴《しば》を背負った女たちに出会ったが、手に裏白《うらじろ》を持っていた。柴に裏白を結びつけている女もあった。私は急に人なつかしくなった。山を越えて来て、人里の煙を見た時のようだった。言わば正月を迎える支度《したく》などの、尋常な暮しのしきたりがなつかしいのだった。私は異常な世界からのがれて来たようだった。女たちは薪《まき》を拾って、夕飯に帰るのだろう。海は日のありどころが分らぬような鈍い光りで、急に暗くなって来そうな冬の色だった。

烏鷺《うろ》の争いの世界から解放されて、氏は人間世界の正月の用意の裏白を見て、急に人なつかしさを感じている。それほどあの勝負の世界は、人情を絶した氷のように厳《きび》しい「異常な世界」だったのだ。半年のあいだ、氏は観戦記を書くために、盤に打ちおろす白石と黒石が、「空谷《くうこく》にひびくように凄《すご》い」音を立てる世界を見守り、その中に没入していたのであった。

「碁や将棋をやって、相手の性格が分るものではない。対局を通して、相手の性格を見るなどということは、碁の精神から考えると、むしろ邪道だろう。……私などはそんな相手のことよりも、碁そのものの三昧境《さんまいきょう》に没入してしまう。」――名人のこの言葉を、私は面白いと思う。川端氏が小説『名人』を書く気持の中にも、この言葉が響いていているような気がする。ということは、氏は何も、名人と大竹七段との性格的角逐として、これを書いてやしないということだ。もちろんここには、名人と七段との性格や生活を暗示するようなことも、いろいろ書かれているが、それはこの小説の主軸となっていない。それらの俗世のことは、碁盤の上に展開した「異常な世界」を覗《のぞ》かせるかぎりにおいて、書かれているに過ぎない。ここに再現したかったのは、飽くまで「三百六十有一路に、天地自然や人生の理法をふくむ」という、一つのフィクションの世界なのである。それは、打合う黒と白とによってだけ構成される抽象的な世界であり、現実の世界がそのまま現われているというわけではないが、そこに人が移調された人生の象徴を読み取ったとしても、嘘《うそ》ではない。

直木《なおき》三十五《さんじゆうご》が、碁は「無価値と言えば絶対無価値で、価値と言えば絶対価値である」と言ったという。私は碁をやらないから、想像するだけだが、一つの無償の遊戯的世界に過ぎない碁が、世界に較《くら》べるものもなく、知的な世界であることは推察できる。そしてこの限られた盤上の世界に、氏が眼にする現実よりも、もっと激しい劇的世界を感じ取ったのでなければ、小説にしようとは思わなかっただろう。

三

だが、どうしてそういうことができるのか。新聞に連載される高段者の碁将棋の勝負が、あれほど読者を惹《ひ》きつけるのは、やはりそこに純粋に抽象化された劇が展開されるのを喜ぶ読者が多いからだろう。だが、黒九十一、白九十二という風に辿《たど》って行っても、その劇を作品として具象化するのは、また別のことである。川端氏は、世界にまたと類のないフィクションの構築を、この作品で意図したのだ。その世界を構築するために、氏は対局者たちの動作や、その場の雰囲気《ふんいき》や、あらゆるデテイルを些細《ささい》に描き出しながら、それらがすべて、盤上の黒白の争いに集中し、奉仕するように按《あん》排《ばい》した。

たとえば体重八貫、身長五尺しかない名人が、碁盤の前に坐《すわ》ると大きく見えた。盤に向うと、「いにしえの人」だ。扇子を握って立ち上がれば、「それがおのずから古武士の小刀をたずさえて行く姿だ」った。休憩時間に庭を歩く後姿は、「高い精神の姿が虚空《こくう》に浮かんだよう」に見え、「上体は盤に向っていた時から崩《くず》れない。余香のような姿」であった。名人をいたわるようにして従う夫人は、「名人が盤に坐るころを見計って、すうっと消えてしまう。」この夫妻には、子供もない。「一芸に執して、現実の多くを失った人の、悲劇の果て」を、氏は名人に見る。

それに対して、体重十六貫の大竹七段は、十六人という大家族（内弟子《うちでし》を含む）を抱《かか》え、この人の振りまく雰囲気には、如何《いか》にも「賑《にぎや》かな家庭がある」という感じがある。生れて八月目という大竹第二世が現われ、それは「七段の雄魂の象徴」のように、見事な「桃太郎赤ちゃん」であり、この対局の緊迫した雰囲気が、そこでほっと救われるのである。だが、「いにしえ人」である名人に対して、現代の合理精神を代表する大竹七段が、対局の条件について、ことごとに衝突する。病弱な名人が「わがまま」を言い、七段がごねるのである。棋院や新聞社の世話人たちが、そのあいだにあって、右往左往する。もちろんそういう条件について、名人と七段とが直接話し合うことはない。だが、このような俗世の争いも、一たび盤に対すると、一切が消えてしまって、純粋に石と石との争いとなる。この虚実の戦いを、碁を知らない私が理解できるとは思わないが、それでも、その中に、誰も予想できなかった黒百二十一の奇手が大きく響き、その手が名人を怒らせ、また動揺させ、そして、白百三十の運命的な敗着を導き出し、すべてを決してしまうまでの径路は、劇的なクライマックスからカタストロフィーへの急坂のような傾斜として、強く印象づけられるのである。「不敗の名人」が敗れた。それは名人によって代表される「いにしえ」の世界の崩壊であった。碁でも将棋でも、その後スポーツと同じように、選手権を争う仕合と化してしまって、もう秀哉名人のような、古風な「芸道」の人として対局に臨む人はなくなった。それは時の勢いで、それを元へ還《かえ》そうとしても、どうなるものでもない。この最後の対局が終るとともに、名人は死んだも同然だったし、事実一年後には、名人は死んでしまったのである。

名人は地獄の人のようだ、と氏は言っている。勝負の世界は修羅《しゅら》道《どう》である。川端氏は名人の神韻縹渺《しんいんひょうびょう》とした風格も、その反面のあらゆる人間的弱点も、冷静な眼で見逃《のが》してはいない。反面に大竹七段の現世的・合理的、ある点ではその「芝居気」さえある生活態度も、またその碁風の「地底からのし上って来るような、息を殺しておいて叫び出すような、重苦しい印象」も、見落しはしない。だが、盤上の世界は、それらの一切を吸収して、冴《さ》えかえっている。それほど人間世界の日常の時間から隔たった世界なのである。対局者たちの性格も心理もすべて消し去った、厳しく抽象的な美の世界として、それが存在していることを、作者はひとびとに訴えているかのようである。

これはやはり、川端氏の名作の一つであり、氏の作品系列の上で、ことに『十六歳の日記』に始って『山の音』『眠れる美女』に至る、老年と死を主題とした作品の中でも、他に類例のない特殊な位置を要求するものである。

（昭和三十七年九月、文芸評論家）

解説

新井素子

私が初めて『名人』を読んだのは、多分大学生の時だったと思う。この時の私は、囲碁をまったく知らなかった。（そして、将来、自分が碁を打つようになるだなんて、思ってもいなかった。囲碁というのは、この時の私にとって、南極越冬隊やリオのカーニバルと同じくらい、「名前は知っているけれど、それが何だか知識は一応あるんだけれど、私の人生にはまったく関係がないこと」であったのだ。）

勿論《もちろん》。小説、それもよくできた小説は、読者を選ばない。このお話は、囲碁をまったく知らずに読んでも、それでも、迫ってくるものがある。「なんか凄《すご》いものを読んでしまった」って感覚だけは、残っている。

ただ。読んだのがあまりに昔すぎて……実際の処《ところ》、どんな感想を抱いたのか、今となってはもう記憶の海に沈んでしまい、判然としない。

☆

私が二回目に『名人』を読んだのは、四十三、四の頃。

四十の手習いで、私は囲碁を始めた。だから、四十三、四くらいの頃っていうのは、多分、人生で一番囲碁の勉強をしていた時。もう、囲碁が面白くて楽しくて、ほんとにどっぷりとはまってしまっていたのだ。

道を歩いていて、そこがアスファルトから化粧レンガになったなら、四角がいくつも並んでいたら、いつの間にかそれが碁盤に見えてしまい、電車に乗っていて、ある程度判《わか》りやすく男性の集団や女性の集団がいたら、それが黒石や白石に見えてしまい、「あ、ここで、あの位置に白の女性が来たら、黒の男性、みんな殺せるな」、なんて、訳が判らないことを思っていた頃。（いや、別に男性を殺したい訳ではなくて……囲碁というのは、相手の石を殺す、そういうこともする競技なのである。本当にうまくなれば、相手の石を殺すことよりもっと考えることがあるのだが、始めて数年の初心者は、まず、相手の石の集団を殺したくなる。それが、初心者にとって、もっとも判りやすい勝ち方だから。あと……私が、とってもそういう打ち方が好きなタイプであるので。）

こんな状況に立ち入った処で。ふと、思い出す。

ああ、そう言えば川端康成の『名人』。前に、囲碁をまったく知らなかった時に、読んだよね。読み返してみようかなあ。今読んだら、以前とは違う感慨があるかも知れない。（あと。すみません。この原稿の中では、川端康成に敬称をつけていません。何故《なぜ》かと言うと、私にとって、川端康成は先輩作家ではなくて、歴史上の人物であるから。どんな敬称も、歴史上の人物に対してはつけるものじゃない……というか、つけると余りにも違和感があるので。）

そう思って読み返してみたら……。

うちのめされた。

何なんだこれ。

何なんだろう、この、力強さ。淡々と、本当に淡々と書いているだけなのに、醸《かも》しだされるこの迫力。いや……迫力、じゃ、ないな。力強さ、としか、言いようがないもの。

そして、ここで描かれているのは……。

本因坊秀哉《ほんいんぼうしゅうさい》名人の引退碁の話である。

囲碁を知らなかった時の私は、「ああ、なんか、名人が引退する話なんだな」って思っていただけなのだけれど、囲碁を知ってしまった四十代の私には、これ、まったく違う印象があった。

そもそも、本因坊って、今ではタイトル戦の名前である。本因坊戦の勝者が、当代の本因坊。けれど、この時代は、本因坊っていうのは、世襲であった。つまり、本因坊家の跡継ぎが、本因坊になるのだ。

これは、その世襲制度が終わった、そんな時代のお話なのだ。

とはいえ。秀哉名人は、決して、本因坊家の跡とりだというだけのひとではない。

何たって、〝不敗の名人〟だ。

本当に強かったのであろう。

この、最後の対局を除き、ここぞという時には生涯負けなし、そういうひとだったらしい。

だから。もう。ちりちりと。

川端康成の文章は、ちりちり、ちりちり、名人の苦悩を描き出す。

いや、直接そんなこと書いてはいないんだけれど、淡々と、ただ、打った手のこと、打たれた手のこと、そして、それに付随するさまざまなこと、ただ、それだけを書いているんだけれど、その為《ため》、余計、ちりちり、ちりちり、判ることがある。

ここで、描かれているのは……多分、とある世界の、終焉《しゅうえん》。

秀哉名人が君臨していた、〝芸〟としての〝囲碁〟の世界の終焉。

そして、次に来るのは、〝競技〟としての囲碁の世界。

四十いくつの時。『名人』を読んだ私は、そんなことを思ったのだが……同時に、驚いてもいた。

というのは。

お話として読んだ場合……あまりにも〝変〟なことが、沢山あったので。

まず、その一。

〝にぎり〟の描写がまったくない。というか……にぎりのこと、まったく無視している！

にぎりというのは、只今《ただいま》、囲碁の公式戦で、最初にやっていることである。囲碁は、黒を持った方が有利であるって、これはもう、決まっている。（囲碁には、黒から打って、次は白、次に黒が打つという、絶対に決まっている手順がある。つまり、黒は、絶対先手。大体の勝負事で、先手は有利だろうと思うのだが、囲碁の場合、ほんとに先手が有利なのだ。）

だから、どちらが黒を持つか、これを公平に決めなければいけないので。

ここで、考案されたのが、〝にぎり〟というシステムだ。

まず、上手が（どちらが上手か判らない場合は、大体、年齢の高い方が）、手の中に石をいくつか握りこむ。そして、下手が、一つか二つ、石を出す。そこで、上手が握った石を盤上に出してみて……上手が握りこんだ石の数で、どっちが黒を持つのか決める。下手が出す一つか二つの石は、つまり、奇数か偶数かってことで、上手が握りこんだ石が偶数であり、下手が出した石が二つなら、これはあたり。上手が握りこんだ石が奇数であり、なのに下手が出した石が二つなら、これははずれ。

あたったのなら、下手は黒を持つ。はずれたのなら、黒を持つのは、上手だ。

この、にぎりがないっていうのは……えーっと……。

ここで私は気がつく。


そうか。

だって、このひとは、〝名人〟。

この時代でこの称号を持っている限り、この時代には、囲碁界においてこのひとより上ってひとはいない訳で……ということは、このひとは、常に、〝白〟か。

黒は、それだけでかなり有利だってことになっている。

でも、〝名人〟は、常に、白、か。名人だから。


そして、その二。

普通の碁打ちが二人で、どちらが黒を持つかっていうのを公平にしたとしても……

それでもまだ、どうやっても黒の方が有利だという事実は、動かし難い。

そこで、〝コミ〟という概念が生まれた。

これは、ハンデである。

只今の囲碁界では、常に六目半《もく》分のコミというハンデがある。黒を持った以上、自分の地から六目半、数字をひかなきゃいけない。(この、コミは、四目半だったり五目半だったり、時代や場所によって違う。現代日本では、六目半。ちなみに、〝半〟がはいるのは、引き分けをなくす為。〝半〟がある限り、引き分けがなくなるから。)

で。

そう思ってみると。

『名人』では。白、五目負け。

これ、今の勝負では、名人が勝っていたっていう話に……ならないのか?

もし、この世界に、現代と同じ〝コミ〟があったのなら。

勝っていたのは……名人だ。

囲碁を始めたばかりの私、これが判った時に、本当に戦慄《せんりつ》した。

この時代だって、白が不利だってみんな判っていただろう。けれど、名人は黙って白を持ち、（いや、プライドを持って白を持っていたのかも知れない）……そして、負けるのだ。

言い換えると。

常に白を持つことを宿命づけられ、コミもないのに、なのに、勝ち続けた。それが、本因坊秀哉名人。

このひとは……ほんとに、どんなに強かったんだろう。

しかも、この碁の最中に、名人は体を悪くする。（いや、そもそも、この引退碁は、体を悪くした名人の最後の碁の為に企画されたたって側面もある。）

倒れても。中断しても。それでも、命を削るようにして碁を打ち続ける、これは一体何なんだろう。

よいお話は読者を選ばない。だから、『名人』は、誰が読んでもいろいろ思える、そういうお話ではある。

ただ。

囲碁を知っていると、おそらくは、覚える感慨の量と質が違うかも知れない。

そういう意味で、もしよければ、このお話を読んで感動した方は、囲碁、始めてみるのもいいと思う。

囲碁って、本当に面白いです。

☆

と、ここで。この文章は終わらない。

今回、この解説を書くにあたって、私はまた、『名人』を読んでみた。

今回、私が抱いた感想は……。

いや、これ、感想にも何にもなっていないのは判っているのだけれど、でも、私の感覚としては、「ほえー」。

「ほえー」

四十いくつの時にこのお話を読んだ私、確かに、囲碁のことを知ってはいた。けれど、それは、「知識として知っていた」レベルなのだった。そして、あれから二十年、囲碁を続けてみたら。

今回は、細かい名人のやりとりや気分が、何だか結構判ってしまったのである。しかも、何となく、名人が、お相手の大竹七段が、どんな手を打ってどうなったのかが、想像できそうな気持ち。

……これは……前に『名人』を読んだ時から二十年近くたって……私が、〝囲碁慣れ〟したから、かも知れない。

知識の量は、あの時と殆《ほとん》ど変わってはいないんだけれど、何となく〝慣れて〟、感覚として囲碁が判るようになっていたのかも知れない。（その割に、まったく強くなっていないのが問題だと言えば問題なんだが。）

今回は。

せっかく巻末に、この名人の碁の棋譜が載っているのだ、夫と二人で並べてみた。私が白の名人で、夫には黒の大竹七段を担当してもらった。（夫を巻き込んだのは、このひと、週に一回は棋譜並べをしているので、私よりそういうものに慣れているんじゃないかなって思ったから。実際、夫がいてくれたおかげで、棋譜並べはスムーズに進んだ。）

並べてみたら。

お話の中で問題になっていた〝手〟が、どんなものなんだか、具体的に判ったし……なんか、納得もできた。

こういう読み方をすると、更に興趣は尽きない。

ただ。今回、読み返してみて、私が思ってしまった「ほえー」は、こういうものではない。

四十で読んだ時には、白であることを宿命づけられ、それでも常勝だった名人の悲哀や苦悩にばかり心がいってしまった。いや、実際、これは常人には想像ができないようなものだったのではないかと思われる。

けれど。六十を過ぎて読んでみたら、また、感想が違ったのだ。

それは、具体的には書かないけれど。(というか、どう言葉にしていいのかよく判らない。)

対局に関しての名人の我儘《わがまま》。今、命を削るような勝負の最中だというのに、その日の碁が終わった瞬間、将棋や麻雀《マージャン》や連珠をひたすらまわりのひとに強要する名人。

それが……読んでいて、何だか、愛《いと》しい。

☆

また。

まったく話は違ってくるのだが。

年を、取る、こと。

一般的に言って、これはマイナスだと思われている。私だって、五十五を越えたあたりから、庭の草をむしる為にしゃがみこむと、立つのに一苦労、とか、腰が痛くてたまらん、とか、膝《ひざ》がね、膝がね……って思っているのはいつものことなのだけれど。

けれど、三回、『名人』を読んで、そして、私は、思った。

「年、取るって、面白い」

☆

『名人』は、時代を超えて読み継がれてゆくお話である。

だが、実は、今の時代、読んでいる私達も。時代を超えて、生き続けているひとである場合が多い。時代を超えて読み継がれてゆくお話が名作なら、その作品に対して、〝名〟という文字をつけて、〝名作〟と言うのなら。時代を超えて生き続けている私達は、その存在自体が、〝名ひと〟、つまり、〝名人〟ではないのか。

今の時代。人生五十年では、まず、ない。私が子供の頃は、九十になった方がお亡《な》くなりになると、そのお葬式は明るいものになることがあった。そもそも、ここまで生きてこられただけでそれは素晴らしい、そんな認識が会葬者の皆にあったので、お葬式なのに、一種の祝祭のような雰囲気まであった。

けれど。今では、九十まで生きるひとはそんなに稀《まれ》ではない。下手すると、人生百二十年時代の幕開けなんて言われ方までしている。

ということは、現代を生きている普通のひとは、昔の感覚なら、〝時代を超えて生き続けて〟いることになる。

時代を超えて読み継がれてゆくお話を、時代を超えて生き続けている私達が読む。こんな楽しみ方が、今は、できるのだ。十代で読んだお話を、三十代で読む。そのあと、五十代でも読む。七十になってもう一回読んでみる。場合によっては、九十でまた読む。こんなことが、今では、普通に、できる。(今の処私には想像できないんだけれど、百二十になって、また、読むこともできるかも。)

それを思えば。

年を取るのって……面白いかも。

(令和四年七月、作家)

川端康成著

掌《てのひら》の小説

自伝的作品である「骨拾い」「日向」、「伊豆の踊子」の原形をなす「指環」等、著者の文学的資質に根ざした豊穣なる掌編小説122編。

川端康成著

山の音

62歳、老いらくの恋。だがその相手は、息子の嫁だった――。変わりゆく家族の姿を描き、戦後日本文学の最高峰と評された傑作長編。

川端康成著

古都

祇園祭の夜に出会った、自分そっくりの娘。あなたは、誰？　伝統ある街並みを背景に、日本人の魂に潜む原風景が流麗に描かれる。

川端康成著

舞姫

波子の夢は、娘の品子をプリマドンナにすることだった。寄る辺なき日本人の精神の揺らぎを、ある家族に仮託して凝縮させた傑作。

川端康成著

少年

彼の指を、腕を、胸を、唇を愛着していた……。旧制中学の寄宿舎での「少年愛」を描き、川端文学の核に触れる知られざる名編。

新井素子著

この橋をわたって

人間が知らない猫の使命とは？　いたずらカラスがしゃべった？　裁判長は熊のぬいぐるみ？　ちょっと不思議で心温まる8つの物語。

名《めい》人《じん》

新潮文庫　か－1－14

昭和三十七年九月五日発行
平成三十年十月五日四十四刷
令和四年十月三十日新版発行

著者　川《かわ》端《ばた》康《やす》成《なり》
発行者　佐藤隆信
発行所　株式会社 新潮社

郵便番号　一六二―八七一一
東京都新宿区矢来町七一
電話　編集部(〇三)三二六六―五四四〇
　　　読者係(〇三)三二六六―五一一一
https://www.shinchosha.co.jp

価格はカバーに表示してあります。
乱丁・落丁本は、ご面倒ですが小社読者係宛ご送付ください。送料小社負担にてお取替えいたします。

印刷・錦明印刷株式会社　製本・錦明印刷株式会社

ISBN978-4-10-100246-0　C0193

第2章

1 David A. Fahrenthold, "Trump Recorded Having Extremely Lewd Conversation About Women in 2005," *The Washington Post*, October 8, 2016.

2 Julie Hirschfeld Davis, "Bidding Congress Farewell, Paul Ryan Laments Nation's 'Broken' Politics," *The New York Times*, December 19, 2018.

3 筆者は参考資料を入手した。

4 以下の動画を参照。"Paul Ryan at Trump Tower," C-SPAN, December 9, 2016, C-SPAN.org.

5 Damian Paletta and Todd C. Frankel, "Trump Says No Plan to Pull Out of NAFTA 'At This Time,'" *The Washington Post*, April 27, 2017.

6 Austin Wright, "Ryan, House and Senate GOP Outraged by Trump News Conference," *Politico*, August 15, 2017.

7 Mike DeBonis and Erica Werner, "Congressional Negotiators Reach Deal on $1.3 Trillion Spending Bill Ahead of Friday Government Shutdown Deadline," *The Washington Post*, March 21, 2018.

8 以下の動画を参照。"Pete Hegseth: This Is a Swamp Budget," Fox News, March 23, 2018, foxnews.com.

9 ドナルド・J・トランプ（@realDonaldTrump）の2018年3月23日のツイート。"I am considering a VETO of the Omnibus Spending Bill . . . and the BORDER WALL, which is desperately needed for our National Defense, is not fully funded," Twitter.com.

10 Robert Costa, "My Brother, Paul Ryan," *National Review*, August 20, 2012.

11 Paul Kane, John Wagner, and Mike DeBonis, "Speaker Ryan Will Not Seek Reelection, Further Complicating GOP House Prospects," *The Washington Post*, April 11, 2018.

第3章

1 Neena Satija, "Echoes of Biden's 1987 Plagiarism Scandal Continue to Reverberate," *The Washington Post*, June 5, 2019.

2 Joe Biden, *Promises to Keep: On Life and Politics* (New York: Random House, 2007).

3 Ibid., pp. ii–iii.

11 ナンシー・ペロシ下院議長から民主党議員への手紙。“Dear Colleague on Events of the Past Week,” January 8, 2021, speaker.gov.

12 William J. Perry and Tom Z. Collina, *The Button* (Texas: BenBella, 2020).（邦訳『核のボタン――新たな核開発競争とトルーマンからトランプまでの大統領権力』田井中雅人訳、朝日新聞出版）

13 William J. Perry and Tom Z. Collina, “Trump Still Has His Finger on the Nuclear Button. This Must Change,” *Politico*, January 8, 2021.

14 Bernard Gwertzman, “Pentagon Kept Tight Rein in Last Days of Nixon Rule,” *The New York Times*, August 25, 1974.

15 Bob Woodward and Carl Bernstein, *The Final Days* (New York: Simon & Schuster, 1976).（邦訳『最後の日々――続・大統領の陰謀（上・下）』常盤新平訳、文藝春秋）

16 以下の動画を参照。Manu Raju, CNN Breaking News, 12:03 p.m., January 8, 2021.

第1章

1 “Trump Condemns Hatred ‘On Many Sides’ in Charlottesville White Nationalist Protest,” CBS News, August 12, 2017.

2 Annie Karni, “In Biden White House, the Celebrity Staff Is a Thing of the Past,” *The New York Times*, May 18, 2021.

3 Scott MacKay, “Commentary: From South Providence to the Biden Campaign, Meet Mike Donilon,” Rhode Island Public Radio, October 12, 2020.

4 Harmeet Kaur and Hollie Silverman, “Charlottesville Police to Remove Same Version of Car That Killed Heather Heyer from Its Fleet,” CNN, December 13, 2019.

5 ジョー・バイデン（@JoeBiden）の2017年8月12日午後6時18分のツイート。“There is only one side. #charlottesville,” Twitter.com.

6 “President Trump News Conference,” C-SPAN, August 15, 2017.

7 “Remarks by Vice President Biden at Health Care Bill Signing Ceremony at the White House,” C-SPAN, March 23, 2010.

8 Joe Biden, “We Are Living Through a Battle for the Soul of This Nation,” *The Atlantic*, August 27, 2017.

情報源について

本書の情報は主として事象をじかに目撃した、あるいは会合に参加した複数の人々とのディープ・バックグラウンド・インタビュー、もしくはそれらの会合の議事録や覚書による。以下は、それ以外の情報源である。

プロローグ

1 『フルメタル・ジャケット』スタンリー・キューブリック監督、ワーナー・ブラザース配給、1987年6月17日公開。

2 "Military and Security Developments Involving the People's Republic Of China," Office of the Secretary of Defense Annual Report to Congress, 2020.

3 Helen Regan and James Griffiths, "No Force Can Stop China's Progress, says Xi in National Day Speech," CNN, October 1, 2019.

4 Tetsuro Kosaka, "China Unveils ICBM Capable of Reaching U.S. With 10 Warheads," *Nikkei Asia*, October 2, 2019; Rajeswari Pillai Rajagopalan, "Hypersonic Missiles: A New Arms Race," *The Diplomat*, June 25, 2021.

5 Steven Lee Myers, "China Sends Warning to Taiwan and U.S. With Big Show of Air Power," *The New York Times*, September 18, 2020; Yimou Lee, David Lague and Ben Blanchard, "China Launches 'Gray-Zone' Warfare to Subdue Taiwan," Reuters, December 10, 2020.

6 Yew lun tian, "Attack on Taiwan an Option to Stop Independence, Top China General Says," Reuters, May 28, 2020.

7 "China's Military Aggression in the Indo-Pacific Region," U.S. Department of State, 2017-2021, State.gov.

8 Ben Macintyre, *The Spy and The Traitor* (New York: Broadway Books, 2018), pp.178–182.（邦訳『KGBの男――冷戦史上最大の二重スパイ』小林朋則訳、中央公論新社）

9 Ibid, p.182.

10 Jeffrey Herf, "Emergency Powers Helped Hitler's Rise. Germany Has Avoided Them Ever Since," *The Washington Post*, February 19, 2019.

《口絵写真クレジット》

Jabin Botsford (*The Washington Post*): 3, 4, 5, 8, 9, 10, 12, 13, 15
Jahi Chikwendiu (*The Washington Post*): 2
Al Drago (for *The Washington Post*): 7
Demetrius Freeman (*The Washington Post*): 5, 10
Salwan Georges (*The Washington Post*): 9, 14
Andrew Harnik (AP Photo): 11
Evelyn Hockstein (for *The Washington Post*): 1
Calla Kessler (*The Washington Post*): 14
Melina Mara (*The Washington Post*): 13
Khalid Mohammed-Pool (Getty Images): 11
Bill O'Leary (*The Washington Post*): 2
Astrid Riecken (for *The Washington Post*): 6
Michael Robinson Chávez (*The Washington Post*): 6
Toni L. Sandys (*The Washington Post*): 8
Patrick Semansky (AP Photo): 4
Brendan Smialowski (AFP): 16
Alex Wong (Getty Images): 1, 12

本書は２０２１年12月に小社より刊行された『PERIL（ペリル）危機』を改題・修正したうえ文庫化したものです。

著訳者紹介

ボブ・ウッドワード (Bob Woodward)

Author photo by Lisa Berg

米国を代表するジャーナリスト。1943年生まれ、イェール大学卒。50年以上にわたり、ワシントン・ポスト紙の記者、編集者をつとめ、ニクソンからバイデンまで歴代大統領を取材・報道しつづけている。
ウッドワードは同紙の社会部若手記者時代に、同僚のカール・バーンスタイン記者とともにウォーターゲート事件をスクープし、ニクソン大統領退陣のきっかけを作ったことで知られる。このときの二人の活動から「調査報道」というスタイルが確立され、また同紙はピュリツァー賞を受賞した。ウッドワードはその後も記者活動を続け、2002年には9.11テロに関する報道でピュリツァー賞を再度受賞。
『大統領の陰謀』『ブッシュの戦争』『FEAR　恐怖の男』『RAGE 怒り』など、共著を含めた20冊の著作すべてがノンフィクション書籍のベストセラーリスト入りを果たしている。そのうち14冊は全米No.1ベストセラーとなった。現在はワシントン・ポスト紙アソシエイト・エディターの責にある。

ロバート・コスタ (Robert Costa)

Author photo by Lisa Berg

1985年生まれ。ノートルダム大学卒。ケンブリッジ大学大学院にて修士（政治学）。本書執筆時はワシントン・ポスト紙の米国政治担当記者。2014年に同紙入社。入社以前は、PBSのテレビ番組「ワシントン・ウィーク」の司会、NBCニュースとMSNBCの政治アナリストをつとめた。

伏見威蕃 (ふしみ・いわん)

翻訳家。1951年生まれ、早稲田大学商学部卒。ノンフィクションからミステリー小説まで幅広い分野で活躍中。ボブ・ウッドワードの『FEAR 恐怖の男』『RAGE 怒り』、トーマス・フリードマンの『フラット化する世界』『遅刻してくれて、ありがとう』など訳書多数。

日経ビジネス人文庫

国家《こっか》の危機《きき》

2024年6月3日　第1刷発行

著者
ボブ・ウッドワード
ロバート・コスタ

訳者
伏見威蕃《ふしみ・いわん》

発行者
中川ヒロミ

発行
株式会社日経BP
日本経済新聞出版

発売
株式会社日経BPマーケティング
〒105-8308 東京都港区虎ノ門4-3-12

ブックデザイン
鈴木成一デザイン室＋ニマユマ

本文DTP
アーティザンカンパニー

印刷・製本
中央精版印刷

Printed in Japan　ISBN978-4-296-12061-1

本書籍に関するお問い合わせ、ご連絡は下記にて承ります。

https://nkbp.jp/booksQA